TAKE
SHOBO

旦那様はボディガード

偽装結婚したら、本気の恋に落ちました

朝来みゆか

ILLUSTRATION
涼河マコト

偽装結婚したら、本気の恋に落ちました
旦那様はボディガード

CONTENTS

イラスト／涼河マコト

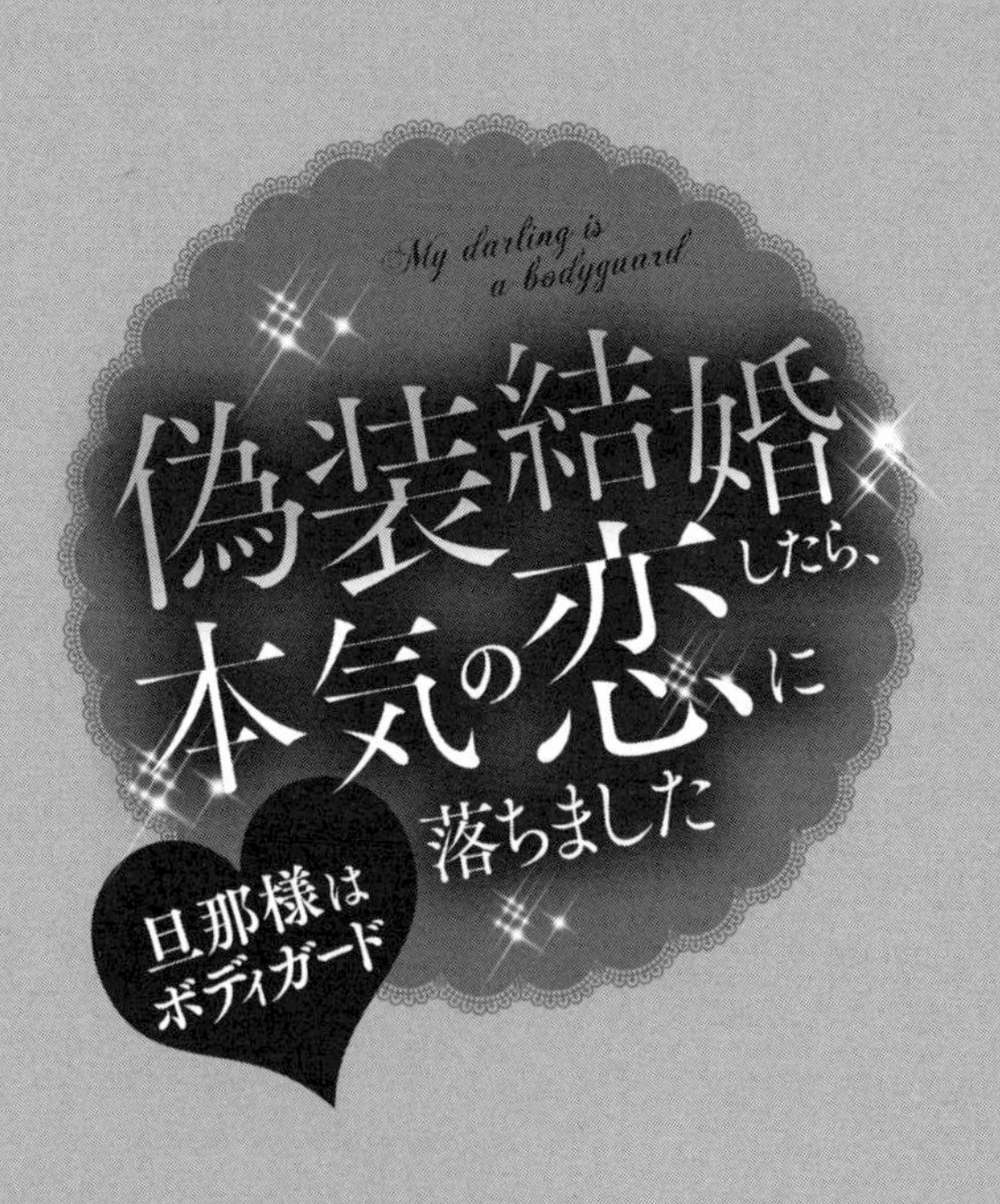
My darling is a bodyguard
偽装結婚したら、本気の恋に落ちました
旦那様はボディガード

1　新婚生活の表と裏

「宮園（みやぞの）さんからみんなに発表があるそうです」

その日の朝礼で、部長が時間を作ってくれた。

発表って何？　お嬢辞めちゃうの？　聞いてないよ――同僚が互いに耳打ちするのを聞こえないふりで、日奈（ひな）は机の間をぬって窓際に進み出た。見渡せば、隣の部署、財務や事務統括のひとたちの顔も見える。

こんな風に注目を浴びるのは、配属の挨拶以来だなぁ。白い襟のついたフォクシーのワンピースを着て、八センチヒールで背伸びして挨拶をした日を思い出す。

四月が来る度、年次はひとつ繰り上がり、今年度で勤続五年目になった。先輩が二人辞めていき、日奈の下にも後輩という存在ができた。中堅扱いされるのにも慣れてきたところだ。

幸い、経理部のひとたちは日奈の出自をあれこれ表立って言うこともなく、日奈は快適に仕事を続けてきた。

「さ、宮園さん、どうぞ」

「はい」

フロアが静まり返った。数十名分集まった視線は、痛いというよりも重い。まるで圧力だ。

右手を上にして両手の指を組み、息を吸い込む。

「皆さん、おはようございます。日々の業務お疲れ様です。私事ながら、この度、結婚しましたことをご報告いたします」

一瞬の間の後、「おめでとう！」と声が上がった。部長が率先して拍手し、フロア内のみんなも続く。課長は穏やかな祝福の笑顔を向けてうなずいている。

思いがけないスタンディングオベーション？　元から立ってるんだから、ちょっと違うけれど、こんな風に温かな祝福を寄せられると、その気になってしまう。つまり自分は本当に幸せだと。「おめでとう」という言葉を浴びるのにふさわしい立場にあるのだと。

二十六歳という年齢を考えれば、結婚してもおかしくない。わかっている。

「ありがとうございます」

日奈は照れ笑いを浮かべる。昨夜、鏡の前で練習した表情、うまく再現できてるかしら。

「いやー、朝からびっくりしたよー」

拍手が落ち着いた頃、のんきな声が上がった。来たわね、切り込み隊長。経理部のお祭り男と呼ばれている白木先輩だ。

「いつの間にそんなことになっちゃったの？　涙サプライズ？　仕事は続けるの？」

ふわっとセットされた髪の色は明るく、遊び人っぽい風貌だ。日奈よりふたつ年上の、常日頃大変お世話になっている先輩、ではあるけれど。

「式には呼んでくれる？　お相手はどんなひと？　なんて呼ばれてるの？」

興味のままに延々と問いかけてくる。相手が答えを考える時間を考慮するつもりはないらしい。

「お仕事はこれまで通り続けたいと思います。式や披露宴は予定しておりません。皆さんには、引き続きお世話になりますが、ご指導どうぞよろしくお願いします」

再び拍手が起こる中、白木先輩はあきらめず食い下がってきた。

「お相手とはどこで知り合ったの？　何してるひと？」

「それはちょっと、秘密にさせてください」

「どこの御曹司？　年は上、下？」

「あちらが上です」

「そっかー。宮園さん年上男オッケーなら俺ももっと押せばよかったなー。もう人妻かあ、残念だなあ」

ずけずけと踏み込んでくる、このなれなれしさが白木先輩の持ち味ともいえる。持って生まれた明るさ、人懐っこさのおかげか、雑談でみんなの時間をつぶしても怒られないのだ。

そろそろ「朝礼終わり」の合図をしてくれないかと部長の方を見る。若手の社員に囲まれ、楽しそうに笑っている。私の頃はあれでしたよ……とどうやら思い出話が佳境のようで、助け舟は期待できない。

　ここで記者会見を終了させていただきます、と言えたらどんなにいいだろうと思うのだけれど、つい空気を読み、周りに合わせてしまう自分の性分が恨めしい。

「苗字は変わらないんだよね？」

「はい、宮園のままです」

「お相手が婿入りか〜。逆玉の輿……男の夢だな〜。よっしゃ、安泰なる将来に向けて俺もがんばっちゃおうかな⁉」

「……どうぞがんばってください」

「棒読みはやめて〜。あ、そうだ、指輪見せてよ、指輪。してるんでしょ？」

　これは予想していたリクエストだ。

日奈は右手の覆いをはずし、ゆっくりと左手を上げた。

指をそろえ、手のひらを自分に向け、甲の側をみんなに見えるように掲げる。

薬指にはまったプラチナリングはオフィスの蛍光灯に照らされ、まばゆい輝きを放っているはず。

白木先輩だけじゃない、フロア中のみんなの視線がぎゅっと一点に集中するのがわかる。

　1・2カラットのラウンドダイヤモンド。

地響きのような声が上がった。

実は結婚相手から贈られた指輪ではないと打ち明けたら、みんなは驚くだろうか。

結婚話を急いで進めた父は、指輪にまで思いが至らなかったらしい。父だけでなく、結婚相手もそうだと思う。まぁ、相手に関してはそこまで気を回してほしいと要求するのは酷な話。

このダイヤは母の形見だ。

——全部日奈にあげる。時代や好みに合うようデザインを変えてもいいわ。でもね、ひとつ注意。若い子があまり大きい石をつけると偽物っぽく見えるの。憶えておきなさいね。

昔もらったアドバイスを思い出し、宝石箱の中から吟味して選んだ。二十六になった今ならもう少し大きなものでもよかったのかもしれない。でもこれがいいと直感的に思った。

母のことを知るジュエラーに頼み、擬装用の結婚指輪を作ってもらうのと合わせてリメイクしてもらった。石を支える台座の側面にメレダイヤが埋め込まれ、華やかさを添えている。調和のとれたデザインだ。

結婚する相手がいるかどうかを示す重要なアイコン——婚約指輪。

まさか自分であつらえるとは思っていなかった。

長くなった朝礼が終わり、いくつかの視線がまとわりついてくるのを感じながら、日奈は自席に戻った。平常心、平常心、と自分に言い聞かせ、未読メールを開封してゆく。緊急の用件はなさそうだ。

入社前、宅建資格を取った方がいいかしら、と父に訊ねたことがある。既に簿記資格を持っているんだから充分じゃないかと言われ、入社後は経理部に配属された。

先輩たちは軒並み無口で、羽目を外さない。白木先輩だけが例外だ。

仕事はとても気に入っている。数字は数字でシビアなところ。ミスのない正確さを求められるところ。ひとつひとつの小さな仕訳が積み上がって、会社の全体像を見渡せる点も楽しい。

何より、貸借が一致すると、気分がすっきりするのだった。ぴったりと数字が合ったときの快感は最高だ。

外回りの用事を言いつけられることはほとんどなく、寒い雪の日も、今日のような雨降りでも、本社ビル十七階で伝票処理をこなす。

ＭＺ都市開発は、曽祖父の代から続く総合デベロッパーで、オフィスビルや商業施設、ホテル、マンションなどさまざまな不動産を扱っている。公園を中心とした街作りも手がけ、日本で知らないひとは少ないだろう大手企業だ。

今は日奈の大叔父が社長の椅子に座っている。

いずれは父も役員に名を連ねることになるだろう。そうなったときの自分――を思い描くのはまだ難しい。経理以外の業務も経験した方がいいのだろうけれど、人事を決めるのは日奈ではない。もちろん、どんな仕事でも任せられたらがんばりたいと思う。

日奈が一番親しくしている同僚の向井鞠絵(むかいまりえ)は、営業部所属だ。

初めて顔を合わせたのは内定者懇親会だった。向井と宮園、五十音順で隣の並びで、一言二言交わした程度。こんなに仲良くなるとは思っていなかった。

入社後、同じ経理部に配属され、残業が続くようになってから距離が縮まった。一緒にがんばろう、今日は早く帰ろう、とお互い励まし、結束を固めた。

鞠絵が経理から営業に異動になってからは、週に二度ほどランチを一緒に取る習慣が続いている。日奈が創業者一族の令嬢であると知っても特別扱いせず、普通に接してくれる貴重な同僚だ。

いつも恋をしている鞠絵は、彼氏との関係が順調なときには事細かにラブラブぶりを教えてくれるし、不調になって別れが近づくあたりからは次の彼氏候補の品定めが話題の中心になる。この四年間、鞠絵の彼氏が何人移り変わったか、正直思い出せない。

一方、日奈は「男っけゼロ、安心安全の純粋培養」(鞠絵談)でこれまで過ごしてきた。鞠絵が両手両足の指の数以上に参加してきた合コンという習わしにも、一度も顔を出したことがない。

結婚の件が伝わったら、どうして話してくれなかったの、と鞠絵は怒るだろう。

鞠絵にも相談できないほど、急に決まった話だった。そう謝るしかない。事実だし。

結婚といえば一年ほど前、父が「そろそろ許婚(いいなずけ)に会ってみるか」と突然言い出した。驚いた日奈がまともに口もきけずにいると、「つまりフィアンセだよ」と言い換え、いつがいいかな、と日程を検討し始めた。横文字にしたら日奈がうっとり目を閉じてうなずくとでも思ったのかもしれない。

結論から言うと、日奈は全力で拒否した。許婚だなんて前時代的な風習にとらわれている父に腹が立った。知らないところで自分の結婚話が進んでいて、選ぶ権利もないなんてすごく嫌だった。絶対ありえない。

父とは、今までで一番の喧嘩になった。

「仕事に集中したいから」と言い張り、顔合わせを拒否したので、その許婚がどんなひとだったのかは知らない。父が認めたなら悪い人間ではなかったのかもと思ったのは、喧嘩から数週間が経ち、ほとぼりが冷めてからだった。

季節が巡り、こんなことになるなんて。

新規メール画面を開き、鞠絵へのメッセージを打つ。

『突然ごめんね。実はわたし、結婚しました』

入力した文字を眺め、バックスペースで削除する。

驚かないでね、と書いても鞠絵が驚くのを防げそうにない。やはり直接話すしかない。

『今日忙しい？　話したいことがあるから、もし時間取れそうなら喫茶コーナーで会えない？』

社内メールを送信し、仕事に取りかかる。

後輩が入力した伝票をチェックし、更新したファイルを共有フォルダーにアップロードし、時間が経つのはあっという間だった。

昼休みの社員食堂にも鞠絵の姿はなく、夕刻、定時を報せるチャイムが鳴っても、鞠絵からの返信はなかった。

スケジュールソフトの社員勤怠表示を見る限り出勤はしているようだから、メールを読む暇がないほど打ち合わせが立て込んでいるか、外に出ているか、どちらかだろう。

日奈自身、社内では知られた存在だという自覚がある。結婚の情報は他の部署にも伝わるはず。時間が経てば経つほど、他人の口から鞠絵が聞く可能性は増す。ちゃんと自分で話したかったけれど、会えないんじゃ仕方がない……。

処理済みの伝票をクリップで束ね、何気なく隣の白木先輩を見れば、難しい顔をしている。

視線を追ってパソコン画面に目をやると、映し出されているのは有名なクーポンサイトだった。居酒屋の名前が連なり、「三時間飲み放題プラン」だとか「十名様以上で一名様分が無料」……そんな宣伝文句が並んでいる。

「飲み会するんですか？」

「うん、宮園さんが主賓だよ。いつがいい？」

「え？　わたし？」

「結婚祝いしなきゃー。披露宴やらないならさ、せめて内輪で、ね。宮園さんの新たなステージ、俺たちにお祝いさせてよ」

「結構です、個人的なことなので。申し訳ないです」

「そんな遠慮しないでー。海鮮居酒屋と地鶏が売りのとこ、どっちがいい？」

「先輩が飲みたいだけですよね？」

「ばれたか」

「ばればれです」

もう帰ろう。最近いろいろあって疲れてるし。

印刷した週報をクリップで束ね、お先に失礼します、と声をかけながら荷物をまとめる。化粧室に寄った後、エレベーターホールへ向かう。

足音も立てず、ボディガードの十和田亮一（とわだりょういち）が現れた。今までどこにいたのやら、日奈が帰り支度を整えるのを見張っていたとしか思えない、ぴったりのタイミングだ。執務中は亮一の気配などみじんも感じなかっただけに、かえって気味が悪い。

「お疲れ様です」

亮一は低い声で言うと、左右に視線を走らせた。

百八十センチはあるだろう長身、広い肩幅。まるで黒い岩がすぐ目の前に出現したような圧迫感がある。酸素を横取りされたわけでもないのに、息苦しくなってしまう。

「お迎えありがとうございます」

「いえ」

「もしかして、朝から待っててくださったんですか？」

「はい」

「え、本当にずっと？」

「はい」

　顔を合わせるのは、今朝、ビルの入り口まで送ってもらって以来だ。その後も待機していたと聞いて、なんだか申し訳ない気持ちになる。

「休憩は取られました？」

「いえ」

「父の運転手さんは、日中、休んだりしてたみたいですよ」

だからあなたも適当に休んでください、という意味で言ったのだけれど、亮一の反応は薄かった。

　なるほど、と小さくうなずいただけだ。

　エレベーターが来た。よかった、誰も乗っていないみたい。ここ一、二ヶ月、不審者の気配を感じていたせいで警戒する癖がついている。

「どうぞ」

それでも乗るのをためらっていると、長い腕が目の前に伸びてきて、ぐいっと肩を引き寄せられた。

「ちょっ……なに……、誰かに見られたら……！」

「誰も見ていませんよ」

亮一は日奈を囲い込む姿勢でエレベーターに乗り込むと、閉まるボタンを押した。

うわぁ……近い。いわゆる密着状態ではないけれど、お互いの息遣いがしっかり感じられる姿勢。

抱擁という単語が頭に浮かび、いやいやこれは違う、と二重線で消す。

ほんの少し身をよじれば逃れられる。拘束されてはいない。なのに、なぜ自分はそうしないんだろう。はっきりと拒絶できないのは、この状況を心地よく感じているから？

ううん、そうじゃない。日奈は頭を振った。のっぴきならない事情で結婚に至ったけれど、亮一はあくまでも仮の夫で。ボディガードとしてそばにいてもらうだけで充分。くっつきたいとか、抱き締められたいとか思うはずもない。

仮定と否定の連続で、脳味噌がオーバーヒートしそう。

「何をうずうずしているんですか？」

「うずうずなんてしてません。あの、もう離れてもらっていいですか……？　この状況で襲われることなんてないと思うので」

「そうですね、天井に張りついている輩（やから）もいませんし。あ、先ほど私、嘘をつきました」

「え？」

亮一は日奈の耳元でくすりと笑った。

「誰も見ていないと申し上げましたが、嘘でした。監視カメラの映像に映っています。このビルの警備室と、どこかエレベータ会社のガードセンターで係員が私たちを見ているでしょうね」

見上げれば、階数表示の板の上に、それらしい機器がある。ごく小さなレンズだからか、その向こうで働く第三者の存在を意識させない。本当に誰かに見られているんだろうか。

亮一が腕の囲いをほどいた。解放されてほっとしたのもつかの間、亮一は日奈の髪をひとすじ指でつまみ上げ、ゆっくり口元へ運ぶ。

唇で、食む。

亮一の口の中に、日奈の身体の一部が取り込まれ、いじられた後、ふいっと吐き出される。

その挙動のすべてがスローモーションに見えた。

髪の先に神経なんて通っていないのに、ぞくぞくしてしまう。

亮一は抑えた声で言った。

「あなたが私のもので、私があなたのものであると見せつけたい」

あなた、と呼びかけられるのは初めてで、頬が熱くなった。

「そんな、やりすぎです……！　そこまでしなくても大丈夫です。結婚報告は済ませました し」

「なるほど。ならば、もう一度上に上がって、同僚の皆さんの前で抱き合いましょうか」

「はい？」

「八時間ぶりですね、会いたかったです——と」

亮一が両腕を広げ、正面から日奈を抱き締めようとする。すんでのところで、日奈はするりと逃げた。

亮一の振る舞いは日奈の予想をはるかに超えてくる。しらふでは言えないような台詞も平然と吐く。白木先輩の確信犯的な茶目っ気とは違い、大真面目に見えるところが反応に困る点だ。冗談と本気の境がわからない。というか、九割方本気なんじゃないかしら。

「妻をよろしく、と皆さんに挨拶しておいた方が後々役に立つ気がしますが」

「何がどう役に立つんですか……。ここは日本ですよ？」

「日本ですね」

「欧米のようなカップル文化は根づいていないんです。配偶者が職場に顔を見せるなんて論外です。人前での過剰な接触は控えてください」

「わかりました。危険が差し迫ったとき以外は触りません。それならいいですね？」

「……はい」

ようやく合意できて、日奈はほっとした。

すぐそばに立つ亮一の横顔を見上げる。すっきり通った鼻筋、肉づきの薄い頬、引き結ばれた唇。

眼元はうかがえない。遮光性の高いサングラスに阻まれて、その奥の目の色はわからない。

顔の印象を決める重要パーツが隠れた顔は、感情を読み取るのが難しい。

ぽんと軽やかな音がして、エレベーターが停まった。四階、営業第一部のフロアだ。

乗ってきたのは、何度か言葉を交わしたことのある営業の先輩と鞠絵だった。

「お疲れ様です」

鞠絵はもともとはっきりした顔立ちな上、メイクでさらに目元を強調し、誰もが振り返る美人顔に仕上げている。でも今はかなり疲れが見て取れた。両手を合わせ、すまなそうに言う。

「メール返す暇がなくて。ごめんね」

「まだ仕事?」

「うん。また今度」

鞠絵と先輩は一階で降りていった。日奈に寄り添う亮一の姿が目に入らなかったはずはないけれど、特に言及しないままだった。

エレベーターが地下二階に着いた。先に降りた亮一が安全を確かめ、「どうぞ」とうながす。

首から下がったＩＤカードが蛍光灯に照らされて、きらりと光った。

警備員の詰め所で退館手続きを終えると、亮一は「少々お待ちください」と日奈を待たせた。

アウディの車体の下やボンネット内部、トランクを確認した後、後部座席のドアを開ける。

「お待たせしました。どうぞ」

「ありがとうございます」

この車は父が所有していた数台のうちひとつで、父が日本を離れるタイミングで日奈に譲られたものだ。せっかくならば熟練の運転手もつけてほしかったけれど、そこまで欲深になってはいけないとも思う。保険の手続きは済んでおり、亮一の運転中も補償される。

運転席に乗り込んだ亮一が、黙って車を発進させた。

梅雨に突入した東京は、朝から雨が降り続いている。ワイパーが水滴をはらったそばから、また新たな水滴がガラス越しの景色をにじませる。

亮一の運転に不安はない。ボディガードとしての態度に不満もない、今のところは。

立ち居振る舞いは洗練されているし、ハンドルを操る手さばきも、動作の最後の瞬間まで意識が行き届いている。

何より日奈の安全を第一に動いてくれるのは安心だ。

「そんなに私が恋しかったですか？」

「は？　何を……」

バックミラー越しに観察されていたらしい。いや、観察していたのを感知されていた、か。

「熱烈な視線を感じました。もし私が蠟人形だったら、溶けてしまうところですよ」

まだ亮一の素顔を見ていない。初めましてのときから、ずっと。

「どんな顔をしてるのかなって思ってただけです」

よほど顔に自信がないのかしら。隠されるとますます気になる。もう結婚したことになっているのだし、顔を理由に契約を断ったりしないのに。こちらに気を許してくれていないんだなと思うと、もやもやする。

鞠絵情報によると、交際期間ゼロ日婚――というのは現代でもあり、意外にうまくいくケースも多いとか。

つまり交際期間の短さは気にするべき問題ではない。

それよりも、妻が夫の素顔を知らないのが普通じゃないと思うのだ。

まぁこの結婚を普通の基準で計るのが間違っているのは重々承知で、おかしな話に乗ってくれた亮一が相当の変わり者だろうこともわかる。要するに、「変なひとと変な結婚をした自分」という認識になり、ため息が出てしまう。

「お疲れのようですね」

「いえ、あの、今日は定時で上がれましたけど、遅くなることもあるので……」

「はい」

「八時とか九時とか、残業でお待たせしちゃう日もあると思うんです」

「先月の残業は二十九時間、先々月は三十四時間でしたね。仕事熱心なのはいいですが、身体を壊さないようにしてください」

「どこからその数字を……」

「他ならぬ妻の勤務状況ですから」

真顔で答えられても困る。夜遅くなったときにボディガードがついてくれるというのは心強くはあるけれど。

「そこまで詳しく調べるなんて、まるでこっちが悪いことをしてるみたいな……」

「ご気分を害されたなら申し訳ございません。通勤と帰宅の時間帯、途中で立ち寄る場所などは警備に必要な情報なんです」

「会社以外は？　十和田さん、お休みの日はどうするんですか？」

「私に休みはありません。日奈さんはどこへ行かれても大丈夫です。ご一緒します」

ご一緒って、朝から晩まで……二十四時間ずっと？　プライベートなんてないじゃない、と思う。

「遊びに出るときくらいは……」

「当然、同行させていただきます。おはようからおやすみまで」

当然じゃないよー、と窓を開けて叫びたくなる。友達と会うのにこんな目立つ同行者がいたら、怪しまれてしまう。

「あの、子ども扱いはしないでくださいね」

「子どもではなく、妻です」

日奈はまばたきをし、はあ、と自分でも間の抜けているとしか思えない返事をした。これ以上押し問答をしても無駄のようだ。仕方ないので話題を変える。

「何をしてたんですか。わたしが働いてる間」

「このビルに侵入できる経路を調べていました。歩きか車なら正面口か裏口、地下駐車場の三ヶ所です。十七階の窓で開閉するのは化粧室の横のみです。近隣のビルとはつながっていませんから、綱渡りで入るのも無理でしょう。屋上も現実的ではないと判断しました。セキュリティはしっかりしていますね。有人でプレッシャーを与えつつ、カメラ監視やIDカードでの入退チェックもしていますので、容易に不審者の侵入を許す環境ではないと考えられますが、油断は禁物です」

単に時間をつぶしていたのかと思いきや、亮一は忙しく動き回っていたらしい。

おそらく数千人規模の人間が出入りする大きなビルだから、調べる箇所は無数にあるのだろう。

「大変でしたね」

「警備員と同等の権限をいただけたのでスムーズでした。あなたの心配の種を取り除くためなら、ネズミしか通らない細い隙間もセメントでふさいでおきます」

「ネズミもかわいそうですね」

答えはなかった。車は雨の街を走る。

何か話した方がいいのだろうけれど、亮一の趣味も興味の対象も知らないので、盛り上がる話題を提供できそうにない。知っているのはアメリカの大学を出て、ボディガードの訓練を受け、今は警備会社に所属していることと、三十二歳という年齢くらいだ。二十六歳の日奈より六つ年上。でも老成しているというか、実際の年齢より落ち着いて見える。四十代と言われたら、そうですかと信じてしまいそう。

世の中の夫婦は、結婚前にどの程度、身の上話をするものなのかな。どのくらい話し、何パーセントお互いを知り合った気になって、一緒に暮らし始めるのかしら。

予備知識ほぼゼロの二人が向き合って、というか隣に並んで、よーいドンで、走り始めてすぐに結婚というゴールテープを切ったわけで。これから一体何を、どこを目指せばいいのか。

本当にわからない。ネットには、「結婚生活を円滑に続けるための秘訣」なんて記事も見つかるけれど、偽装結婚にマニュアルなんてない。

「あの、十和田さん」

「はい。あ、先にひとつよろしいですか」

「え、なんですか?」

「先ほども私のことを苗字で呼ばれていましたが、私は宮園家に婿入りしたことになっています。ぜひ下の名前で呼んでいただきたい」

「あ、そうですよね」

「さぁどうぞ」

「え? 今ですか?」

タイミング悪く車が赤信号で停まった。

「りょ……さん」

「聞こえません」

りょういちさん、とはっきり声に出して呼ぶのは照れくさい。

「そのうち呼びますから待っててください、っていうか前見てください、前! 信号変わってます」

「そう焦らず」

ふっと口の端を上げ、亮一はアクセルを踏んだ。

日奈はうつむき、口の中で「亮一さん」と繰り返す。


それは、家に送られてきた一通の手紙がきっかけだった。

宛名は日奈で、でも日奈よりも先に父が読んだ。

封筒に書かれたボールペンの宛名は特徴のある文字ではなく、中を確認したのは「封筒から出ていたから」、ほんの偶然だったという。

いわく、文面は脅迫。

『常にお前を見ている』

ゴシック体で印字された文章に、父は青ざめた。

――心当たりはあるか？

――ううん、全く。

――金銭目当てか……。

――わたしを脅しても、お金を引き出せるわけでもないよね。それこそ誘拐でもしない限り。

「滅多なことを言うんじゃない」と、父は語気を強め、さらに訊ねた。

――最近、誰かから悪意を感じたことは？

――ない……わたしが鈍いだけかもしれないけど……。

――父さんは、お前がどんな娘かよく知っている。素直で、よく周囲に気を遣う、本当にいい子に育ってくれた。お前に落ち度はないだろう。でも逆恨みというものもある。

――誰かがわたしを恨んでるって意味？

父は悲しそうな顔になった。父が母を思い出すときはいつもこんな顔をする。

——母さんがいてくれればなぁ……。

しばらく二人でぼんやりした。日奈が高校を卒業する前に、母親は天国へと旅立ったのだ。

よくよく考えてみたけれど、誰かに恨まれたり、嫌がらせを受けるなど、日奈には覚えのないことだった。

——そういえば最近、誰かの視線を感じることがあったの。

——いつ？　どこで？

——通勤途中。電車の中とか、駅とか。でも、振り返っても誰に見られてたのかはわからなかった。その手紙と関係あるのかどうか……。

——ただのいたずらだとしても、用心するに越したことはないな。

そう父はつぶやくと、警察に通報した上で、翌日から日奈にハイヤーでの通勤を命じた。不特定多数の人とすれ違う通勤時と帰宅時が危ないと考えたのだろう。警察も二十四時間見張ってくれるわけではない。

事態はそれで治まらず、『逃げられると思うな』と二通目の脅迫状が届いた。

モルディブへの長期出張を打診された父は、当初は断ったらしい。それでも三十年来のつき合いがある現地からの要請を受け、赴くことにした。まさか父が若い頃、青年海外協力隊だったとは、今回知った事実である。日奈にも日奈の仕事がある。日本で留守番すると日奈は主張したが、父は娘を一人にはしておけないと考えたのだろう。居候させてくれる親戚を探した。でもいい居候先が見つからなかった。通勤に不便な場所だったり、既に留学生を受け入れていて部屋が埋まっていたり。

そして、ボディガードとの偽装結婚という突飛なアイディアに至ったのだ。

対面の場所は、会員制レストランだった。

「お願いします。二十四時間、娘を守ってやってほしい」

父があんなに深く頭を下げるところを初めて見た。

「ご安心ください。お嬢様の身の安全はもちろん、笑顔も守ります」

亮一からストラップのついた防犯ブザーを渡された。常に携帯してくださいと指示を受け、化粧ポーチのファスナーにつけた。

通常は二人一組で行う身辺警護のイレギュラーな形として、亮一が単独で日奈のそばにつき、夫を演じてくれるという。

戸籍はまっさらなまま、住民票も移さないと言われても、知り合ったばかりのひとと夫婦のふりなんてできるかしら。新しい不安材料が増えただけの気もして、日奈はサングラス姿の亮一をうかがった。

会話は父が主導した。

「十和田さんは長くアメリカにいたそうですね。ということは、銃の経験も？」

「訓練は受けました」

「日本では難しいですからねぇ」

「たとえ不審者が凶器を所持していたとしても、お嬢様に危害が及ばないよう努めます」

「頼みましたよ、本当に」

亮一は、他のスタッフとも連携を取ることや、システムが住居侵入などを感知したときには専門のスタッフも駆けつけると説明した。

とにかくこのひとを頼るしかない。日奈は思ったのだった。


車は地下駐車場に停まった。五階への直通エレベーターに乗り込む。

中目黒のこのマンションは、父が懇意にしている建築士が設計した建物で、五階と最上階である六階が二世帯で暮らす間取りになっている。

荷物の運び込み作業は前日までに済んでいた。表向きは結婚を機に実家を出たことになっているけれど、実際は、庭からの侵入経路がいくつもある成城の実家よりも、入口がひとつしかないマンションの方が警護がしやすいというのが転居の理由だ。昨夜は実家で最後の夜を過ごし、そのまま出勤したため、今日が実質的な引っ越日となる。

実家には近々、父の知り合いの外国人一家が住むことになっている。

「郵便物は一階のポストに届きます。後ほど確認しておきます」

「え、わたし自分で行きますよ」

「いえ。爆弾などしかけられていたら厄介です」

「そんな大げさな」

「充分にありえます。脅迫状を送ってきた人物が、エスカレートして次は盗聴器を仕込んだり、口にするのがはばかられるような物体を置いたりするケースは珍しくありません」

「脅かさないでください」

「探知機は各種用意していますので、ご安心を」

　さんざん脅した上で安心しろと言われても……。

「異状なし」

　亮一は３Ｄスキャンするように上下左右に視線を巡らせ、玄関を開錠すると、壁に埋め込まれたセキュリティシステムのコンソールを操作した。

「どうぞお入りください」

「ここって、床に段差がないんですね」

「バリアフリー物件ですね。そのあたりは日奈さんの方がお仕事で詳しいのでは？」

「いえいえ。どこで靴を脱いだらいいのか困っちゃいます。あ、玄関マットを買ってくればいいのかしら。スリッパも必要ですね」

　玄関部分は吹き抜けになっており、六階へ続く螺旋階段がある。二世帯で暮らす場合、足腰に不安のある家族は五階に、そうでない者は六階に暮らす想定なのだろう。

　どちらのフロアを使うか事前に相談したとき、亮一は六階を希望した。最上階は、一階ほどではないないにせよ、不法侵入が多いという理由だった。

日奈は靴を脱ぎ、室内に上がった。

「車のキーは、ここにかけておきます」

亮一が玄関扉のフックを指さした。

部屋の空気はさらりと涼しい。首をかしげると、亮一が言った。

「帰宅時間に合わせて、除湿モードでエアコンの予約設定をしておきましたので」

「あ、そっか。亮一さんは昨日ここに泊まったんですもんね」

「ホテルか別宅のような言いようですが、今日からここが私たちの家です」

「まだ慣れなくて……」

「でも夫婦に一歩近づきました」

「え？」

「ちゃんと名前で呼べたじゃないですか」

「あ、はい……」

「車の中で練習した成果があったようで」

「見てたんですか」

亮一は肩をすくめると、

「念のため、室内をチェックさせてください。失礼します」

靴を脱ぎ、どこから取り出したのか金属の棒のようなものを握って家具や壁に当て始めた。

「それは……？」

「盗聴器がないか調べています」

「お願いします……」

あぁ、それよりも。男のひとが当然の顔で同じ屋根の下にいるなんて。緊張する……！

リビングとダイニングの仕切りはなく、二十畳の空間が広がっている。

日奈たちが入居する前にハウスクリーニングが行われ、前の住人の形跡はない。壁も床も浴室も新築のようだ。

白とグレーでまとめられた内装に、黄色の文字盤の時計がアクセントを添えている。急な引越だったわりには、素敵な部屋に住めそうで嬉しい気持ちもある。

「ベランダに続く窓ガラスは割ろうとすると、警備センターに通報が行くようになっています。暴れて割らないように」

「暴れませんから大丈夫です」

「ベランダには当面出ることはないでしょう」

「出たら危ないですか？」

「いえ、天気が。雨続きですから」

亮一は、テーブルや椅子に金属の棒を押し当ててゆく。

日奈は、乳白色の壁をくり抜いて設けられた腰高窓から外をのぞいた。

夜も交通量の減らない通りが見えた。通りの向こうには、診療所が入ったビルや、一階部分がコンビニとなったマンションがある。

会社に近いし、手頃な広さなんだ、と語っていた父。

自分がいいと思うものならば日奈も満足するに違いないと信じている父。

反抗してしまうときもあったし、一年前には許嫁を巡って喧嘩もしたけれど、やはり家にいないのはさびしい。今頃は遠い空の下だ。

子どもじゃないんだからお父様がいなくても大丈夫、と豪語したものの、本当にやっていけるかしらと不安になる。

「全て終わりました。では、ゆっくりなさってください」

六階へ続く階段に足をかけた亮一に声をかける。

「夕食、どうしますか」

「あるもので適当に済ませるつもりでしたが。日奈さんは？」

「父がシェフを連れていってしまったから外食続きで、でもお店探しは苦手だし」

「もう一度車を出しましょうか」

「んー……それもちょっと面倒な気がするんですよね」

亮一が近づいてきて、日奈の額に手を当てた。な、なに突然？

「熱はないようですね。食欲はありますか？」

「……普通にあります」

「食べたいものは？」

「何だろう……どちらかというとパスタの気分です」

「わかりました。食材を買いにいきましょう」

「あ、あの」

「どうしました？」

　亮一の手の中の車のキーにちらりと視線を向け、日奈は提案する。

「歩いていきませんか？　街も見てみたいし」

「雨が降っていますが」

「傘を差せばいいんです」

「足元が濡れますよ」

「濡れたらふけばいいし、汚れたら洗えばいい……どうせ時間が経てば渇くんですし。違いますか？」

　亮一の表情がゆるむ。

「その通りです。どうやら私が思うほど、日奈さんは過保護に育てられたわけではないらしい」

「そりゃそうですよ。もう四年以上社会に出て働いてるんですから」

　日奈は壁面収納からレインパンプスを出して履いた。

「なるほど。では行きましょうか。確か駅の方にスーパーがあったはずです」

　日奈は花柄があしらわれた薄紫色、亮一は透明のビニール製、壁に立てかけた傘をそれぞれ持つ。

　一階までエレベーターで降り、エントランスを出る。雨に濡れた鉄柵門が鈍く光っていた。


　黒ずくめの服に黒いサングラスといういでたちは、周囲に威圧感を与えるらしい。亮一が歩くのに合わせて、通行人がさっと避けるのがおもしろい。赤の他人だったら、日奈も間違いなく避ける。

　亮一は静かな声で言った。

「雨の匂いがしますね。昔から好きな匂いです」

　日奈も空気を嗅いでみた。

「わ、ほんとだ」

　すんすん、と二人で鼻を鳴らしながら歩く。犬みたいで楽しい。

「ほとんどコンクリートに覆われてても、どこかに土の地面が残ってるんでしょうね」

「亮一さんって、東京育ちなんですよね？」

　案外詩的な一面があるのかもしれない。

「はい」

「ここらへん、詳しいですか？」

「今回の件を受けるに当たって、エリアに関する知識は一通り頭に入れました」

うーん、そういうんじゃなくて、知りたいのはもっと別のことで……。

言葉を選ぼうとした、そのとき。

急加速した車が溜まった泥水をはね上げた。

亮一の動きは機敏だった。日奈の手を引き、車道に背を向ける。日奈の盾となった形だ。

「ありがとうございます……」

「洗えばいいとおっしゃいましたが、できれば汚さないのが一番です」

「でも亮一さんのスーツが」

傘で防ぎきれなかった水が亮一の服を汚している。

「替えはありますし、黒は塗れても目立たなくていい」

「それって制服なんですか、会社の？」

「いえ、四号警備の服装は臨機応変にということで、このようなダークスーツを選びましたが、服装についてご要望があればお応えします」

警備の仕事にも種類があり、民間警備会社によるボディガードの仕事は四号警備と呼ぶのだそうだ。

顔合わせのときもこの格好だったたし、身辺警護してもらうようになってからも、他の服を着た亮一を見たことがない。きっと何着もスペアを用意しているのだろう。普通の結婚だったら、夫の服をクリーニングに出したりもするのかな、と思った。

目的のスーパーに到着し、亮一がかごを取った。

「使いたい食材があれば入れてください」

返事をしようと思ったらくしゃみがひとつ。

「寒いですか？　冷凍コーナーは近づかないようにしましょう」

亮一は青果の棚から、トマトと夕マネギ、ネギ、小松菜を取った。モヤシと、キノコ類も何点かを追加。

会話の流れを思い返すと、今夜は亮一が手料理を振る舞ってくれそうな感じだ。

六階のキッチンも五階と同じだろうか。コの字形で作業スペースが広く、ガスの三ツ口コンロに埋め込み型のオーブンレンジ。充実した設備。料理好きならば腕が鳴るに違いない。

「亮一さんって、今までは独り暮らしされていたんですよね」

「はい。かれこれ十年になります」

「十年……」

「遠い目をしないでください。あっという間ですよ」

亮一は肩をすくめた。日本人らしくないしぐさが、妙に似合う。

「わたし、こんなことになるなんて予想もしてませんでした。独り暮らしも経験がないのに、いきなり結婚なんて」

「未来に何が起こるかなんて誰にもわからないものです」

後悔はしてませんか、と聞いてみたい気がした。でもまだ早いだろうか。

今日が新婚生活の実質的な初日で、お互いの生活スタイルもよく知らない。

「あの、何か不満があったときにはどうしましょう」

「不満？」

「はい。亮一さんが父とどんな条件で契約を交わしたのか、詳しいことは聞いていません。でも、わたしにかかりっきりになるのって、並大抵のことじゃありませんよね。複数の方に守っていただくならともかく、昼も夜も一人で警護を続けるなんて……」

「昼も夜も」

繰り返す声になまめかしい響きを感じて、焦った。

「あ、あの深い意味はないです」

「私は光栄に思っていますよ。昼も夜も、日奈さんのおそばにいられることを」

そうですか、と返す声が上ずった。どうしてここで無駄に色っぽい声を出してくるんですか、このボディガードは。

おまけに遠慮なくこっちの顔色をうかがって、「顔が赤いですね」などと言う。

「全っ然、平気です。冷凍コーナーに一時間滞在したって大丈夫です」

「一時間は迷いすぎかと思いますが」

「あ、わたしもせっかくだから何か買っていきます。それぞれのキッチンは、それぞれが管理するということで……いいですよね？」

「了解しました」

精肉コーナーに立ち寄ると、売り子の中年女性に試食を薦められた。

「ほら、これ、新発売！　リニューアルしたの。前よりおいしくなった。簡単よー、焼くだけ。冷蔵庫から出して、フライパンで焼くだけなの。もうできた。ホントに簡単でしょ？　味つけに失敗することもなくて、ホント、手軽に一品ができちゃう」

立ち止まったが最後、楊枝に刺した一切れを差し出される。日奈が咀嚼し終わる前に、逃さないわよ、とばかりに亮一にも。この売り子さん、性別こそ違うけれど、白木先輩に似ている。

「どう？　おいしい？　おいしいでしょ？　よかった。今ね、リニューアル記念でお得になってるから、ぜひ！　おうちのキッチンでも試してほしいわ～」

「じゃ、ひとついただきます」

商品の山に手を近づけた日奈の脇に、亮一の長い腕が伸びる。それぞれのかごにひとつずつ入れた。

「あら、あら、ふたつも？　ありがとう。旦那さん、美人の奥さんで幸せ者だわね～」

上機嫌な売り子から余計な一言までちょうだいし、思わず右手と右足が一緒に出た。

「あ、あの、旦那、さんって」

「言ってましたね、美人の奥さん」

「それは御世辞だと思いますけど、あの、そういう風に、見えるんですかね……？」

「見せているんですから、当然かと思われます」

プロジェクトが順調なのに、ううう、と苦しい声が出てしまうのはなぜだろう。

「と、とにかく、今後何か改善の要望があれば、父に連絡するのではなく、まずわたしに直接話していただけますか？　わたしも何かあったら遠慮なく言いますから」

「心得ておきます」

全然新婚の会話っぽくない。

芸能人が自らのイメージ向上のために、実際には心を許していなくても仲のいいふりをする「ビジネス仲良し」という言葉があると鞠絵が話していたが、これでは「ビジネス新婚」である。


夕食は亮一が二人分作ってくれることになった。

鞠絵から聞いた話では、異性とルームシェアしている鞠絵の友人も、食事を当番制で回していた。複数名で暮らすなら、その方が効率がいいのだろう。

「日奈さん、どうぞ上がってきてください」

手を洗い、六階に上がる。緊張よりも楽しみが勝っている。

「お邪魔します。靴はここで脱げばいいですか？」

「ベッドルーム以外は履いたままで結構です」

「アメリカ式なんですね」

閉ざされた寝室の扉に目をやった。亮一の最もプライベートな部分はあの部屋に確保されているというわけだ。

背広を脱いだ亮一は白シャツの袖をまくり、デニム地のエプロンを身につけた。

「お料理得意なんですか?」

「食べてから、日奈さんが判断してください」

「わあ、自信ありそうですね」

亮一の手つきは慣れたものだった。結婚するのにエプロンを持参する男性が、料理が苦手のはずもない。

「いい匂い。色も綺麗」

スパゲッティボンゴレを作る亮一の横で、日奈はオリーブとチーズを散らしたサラダの盛りつけを手伝った。

今の季節、スープは冷製の方がおいしいからということで、急いで冷やしたポタージュスープを白い陶器のカップに注ぐ。

「このテーブルは? 亮一さんが選んだんですか?」

「いいえ、入居時から据えつけられていました」

「ええええ、いいなぁ。一枚板のテーブル」

二人分のカトラリーを並べ、ふと見ると、ゆでたパスタをざるに上げた亮一のサングラスが湯気でくもっている。

「あの、もしかして前が見えないんじゃ……？」

「……いえ、ちゃんと見えています」

そう言いながら、手探りで食器棚に触れ、軽く突き指状態になったのか、顔をしかめている。

外せばいいのにと思う。意地を張り続ける理由がわからない。

実は亮一は生物兵器で、目から殺人光線を出しているとか？　物騒な想像が浮かぶ。

「入居記念にワインを開けましょうか」

冷蔵庫を開けた亮一が、白ワインのボトルを取り出す。

「あら、そんないいものがあったんですね」

サングラスの曇りはすっかり晴れ、亮一の視界は元に戻ったようだ。

向かい合って座り、グラスを掲げた。

「無事に新婚初日の勤務を乗り切った日奈さんに」

「守ってくれた亮一さんに」

「乾杯」

声がそろい、グラスが鳴った。

「いただきます」

「口に合うといいんですが」

スープ、サラダ、パスタ、そしてワイン。どれもおいしかった。

「すごい。天才ですね。ボディガードじゃなくて実はシェフ契約？」

「ほめすぎですよ」

「だってこんなに手早く何品も作れるなんて。あぁ、幸せ」

アルコールの力で饒舌になった日奈は、おいしいおいしいを連発した。

「お代わりもありますので、おっしゃってください」

「いえ、充分です。あ、デザートって用意してあったりします？」

亮一は、しまった、という顔をした。サングラス姿でも、見慣れれば表情が読める。

「申し訳ございません、考えが及ばず」

どっぷりと落ち込んだ様子の亮一に、ごめんなさい、と日奈はあわてた。

「わたしこそ、ぜいたくを言いました」

「初日のディナーにデザートがないなんて、完全な落ち度です」

「甘いものが嫌いなわけじゃないですよね？　それならわたし、いいもの買ったんで持ってきますね」

「恐れ入ります」

五階に下り、冷蔵庫から出して六階に持っていく。ヨーグルトムースにフルーツソースがかかったカップタイプのデザートだ。

「ブルーベリーとマンゴー、どっちがいいですか？」

「日奈さんのお好きな方で」

「どっちも好きなんですよね、どうしよう」

「じゃ、一口ずつ交換しますか」

「あ……はい」

日奈はブルーベリーの方を手に取った。蓋を開けるのに難儀していると、マンゴー味のパッケージを開けた亮一が中身をスプーンですくい、「どうぞ」と日奈の口元に差し出した。

「……えっ……と」

「私はまだ口をつけていませんから」

ためらったのはそういう意味ではなく、偽装結婚なのに、まるで本物のカップルのように食べさせようとしてくる亮一に面食らったからで。

「嫌ですか?」

嫌ではありません、恥ずかしいだけです、と声に出さなくてもきっと伝わっている。

スプーンは目の前に固定されたまま。

日奈は唇を開き、注ぎ込まれる味を受け入れた。

口の中いっぱいに広がる冷たさと、滑らかな酸味。

「おいしいですか?」

「はい、あ……おいしい、です」

亮一はうなずくと、残りのムースをほんの二口ほどで平らげてしまった。

さっき日奈の口に入れたスプーンを使い、ためらう様子もなく。

間接キスじゃないですか……！　え、もしかしてアメリカでは普通のこと？

体温が一度上がったのかと思うほど顔が熱くなる。

動揺する日奈とは対照的に、亮一は平然としている。

日本のことわざ「同じ釜の飯を食う」みたいに、外国には「同じ匙で食う」という習慣があったりして？　わからない。聞けない。

手つかずのブルーベリー味と未使用のスプーンを、ずずっと亮一の方に追いやる。

「どうぞ。好きなだけ食べてください」

「食べさせてはもらえないんですね」

さびしそうに言うものだから、心がぐらついた。

「そういうのは苦手で……でも、どうしてもって言うなら」

「いえ、強要するつもりはありません。初々しい空気だったので、ついファーストバイトなどしたくなっただけです」

「何ですか、ファーストバイトって？　アルバイトのことですか？」

「結婚披露パーティーで、新郎新婦がウェディングケーキを食べさせ合う儀式です。ご覧になったことは？」

「パーティーにはときどき父に連れられて行くんですけど、結婚式はまだ……周りもしてないですし、呼ばれる機会がなくて」

「やはりジェネレーションギャップが……」

亮一の顔が暗くなる。年を気にしているらしい。

十も二十も離れてるわけじゃないですから、となぐさめた。なぐさめになってるといいのだけれど。

間接キスは故意じゃなくて、ただぼんやりしてそのままスプーンを使ってしまっただけなのだろう。


洗い物しますね、とキッチンに立つと、亮一に遮られた。

「いいですよ、私がやります」

「でも」

「日奈さんはくつろいでいてください」

「じゃ、お言葉に甘えます。何かわたしにできることがあったら言ってくださいね」

「わかりました」

少し（いやかなり）いいところを見せようとしたのは認める。人づき合いはやはり第一印象、最初が肝心だから、よく気のつく子だと思われたくて。

もしや亮一も、早めにポイントを稼いでおこうとして、「いい夫」を演じているとか？

挙句、この結婚生活の出資者である日奈の父に、特別ボーナスを要求するかもしれない。

　日奈はもともと疑い深い性格ではないけれど、自分が偽装結婚という嘘の関係に手を染めたからか、つい考えてしまう。こんな奇妙な話に乗ってきた男には何か裏があるに違いないと。

「あの、わたしの前にも、どなたかを警護してたんですか？」

「申し訳ありませんが、守秘義務があるので話せません」

　まぁそれはそうよね、と思う。過去の依頼や警護対象者のことをぺらぺらと喋るボディガードなんて信用できない。

「ご安心ください。四号警備のプロフェッショナルは何名か知っていますが、私が一番の適任と自負しています」

「一番？」

「そうです」

「こうやってのんびりしてても、亮一さんにとっては仕事中なんですよね？」

「そのための結婚ですから。二十四時間、お守りします」

「もし今ここで暴漢が襲ってきたら……」

　もしもの話をしただけなのに、亮一はお皿を洗う水も止めずに飛んできた。一瞬で距離を詰め、日奈の両肩の横に腕をつき、檻を作って壁との間に閉じ込める。

　日奈は背中に壁を感じながら、亮一を見上げる。

会社のエレベーターで同じようにされたときは何がなんだかわからなかったけれど、今は少し状況を把握できる。この体勢は、亮一が日奈を守る形だということ。

いや、それよりも。確認しなければならない重要なことが。

「今、飛びましたよね⁉」

「そう見えましたか」

「飛んでました。確かに宙を飛んでました。オリンピックかと思いました。すごい身体能力ですね……」

「スポーツ護衛の競技があれば、ぜひ参加したいですね」

「アルコール摂取がドーピング扱いにならないか心配です」

冗談に笑った後、亮一は真面目な顔つきに戻った。

「いつでもどこでも、日奈さんがいる場所が私の仕事場です」

「ありがとうございます。せめて明日の朝ご飯はわたしが作りますね。下で食べましょう」

「それは楽しみです」

亮一はひざまずき、日奈の右手に触れた。指先をそっと持ち上げ、手のひらを支える。

「私をあなたの盾、杖、手足だと思って、何でも命じてください」

手の甲にそっと口づけた。

忠誠を誓う騎士のような、うやうやしいしぐさだった。

盾となって日奈を守り、杖として日奈を支え、手足のように動くという。

まるでおとぎ話だ。

照れくさかったけれど、彼も酔っているんだろう、そう思って少しだけお姫様のように振る舞ってみた。


そして新婚初日の夜。いわゆる初夜である。

おやすみなさい、と言って別れた。

あくまで偽装夫婦だから、日奈は五階に、亮一は六階にそれぞれ寝室があり、朝までは別行動となる。

もちろん別々の部屋で眠っていても、もし日奈が呼んだら、亮一はすぐに駆けつけてくれるに違いない。その意味では不安はないものの。

窓からほんのり入る光が気になって仕方がない。

耳を澄ませば、遠くパトカーのサイレンが聞こえる。

使い慣れた枕を実家から持ってきたのに、やはり部屋の感じが違うせいだろうか、落ち着かない。

眠れない理由をいろいろ並べてみたが、階上に異性がいる状況こそ一番の原因な気がする。

夏がけ布団を肩まで引っ張り上げる。

亮一はもう寝ただろうか。

目を閉じ、亮一の姿を思い浮かべる。

まさか眠るときまであの格好なわけはないだろう。試しに、頭の中に思い描いた亮一にストライプ柄のパジャマを着せてみる。首から下の描画に成功し、次は顔だ。

サングラスを外した素顔を想像できない。一度も見たことがないものを脳内で作り出すのは難しい。

何度か試みるうち、ようやく眠りがやってきた。


まぶしい。カーテンの隙間から漏れた光に頬をなぞられ、目が覚めた。

動き出した街の音が聞こえる。

日奈はベッドから身を起こした。意識ははっきりしている。お酒を飲んでもあまり翌日には響かない体質だ。

朝食を作る約束を思い出し、キッチンに立った。寝室と収納、ＬＤＫがあるだけというコンパクトな間取りも、こうして見ると悪くない。実家は、自室からキッチンに行くのが億劫なほど広かったから。

ケトルにお湯を沸かし、コーヒーを淹れる準備をしながら、シリアルの封を開ける。昨夜の亮一のように何品も作る余裕はない。

コーヒーフィルターにお湯を注いだ後、階段の下から声をかける。

「亮一さん、起きてますか？」

しばらく待っても、亮一が起き出す音はしない。

階段を数段上った場所から声をかけても同じだった。よほど深く眠っているのか。

足を滑らせないよう気をつけて六階に上がり、玄関扉の前でもう一度亮一を呼ぶ。

「亮一さん、起きてください。コーヒー入りましたよ」

静まり返った気配に、胸騒ぎがした。

「失礼します……」

リビングを通り抜け、寝室の扉をノックした。

「亮一さん、朝ですけど」

反応はない。

ノブを握ると、抵抗なく扉は開いた。

パイプベッドには、大人一人分のふくらみが載り、布団を押し上げていた。目をこらせば、かすかに上下している。

生きているようだ。

ほっとした次の瞬間、ひとつの考えが頭をもたげた。

これはもしかして、亮一の素顔を見る絶好のチャンスではないかと。

脱いである靴を蹴飛ばさないように注意深く近づき、息を殺してのぞき込む。布団をつまんでめくると――目に入ったのは、肌色。どきっとした。

かかとだ。くるぶしの出っ張りがかわいい。

はがした布団を元通りに戻し、足と反対側をめくる。

こちらに背を向けた亮一の後頭部があらわになる。乱れた髪が妙になまめかしい。肩は黒い布地に覆われて――え？　背広……。

パジャマじゃなくても、Tシャツあたりを着ているだろうと思っていた。寝るときにもスーツを脱がないなんて予想外すぎる。暑いとか窮屈とか、そういう次元を超越しているとしか思えない。サイボーグ？

規則的な寝息が続く。無防備だ。もし日奈が悪事を企んでいたら、亮一は一発でやられてしまう。部屋に忍び込んでも気づかないし、こんなに観察しているのに。

朝に弱いのかな？　昨日の疲れが出たのかしら。

頭を撫でてみたくなった。手が髪に触れる直前に、くるりと亮一がこちらを向いた。

「ひゃっ……」

「夫の寝込みを襲うなんて積極的ですね」

亮一はサングラスをかけたままだった。ただし、レンズの奥の目はしっかり開いているらしい。

「狸寝入りしてたんですか⁉」

「日奈さんは寝起きがいいんですね」

「普通です。ごく標準的です。何度も呼んでるのに起きてこないから……わたしの警護はどうしたんですか？　一日で終わりですか、父に言いますよ？」

「守ります、もちろん」

手首をつかまれ、鼓動がはねた。

そのまま腕を引っ張られ、亮一の上に馬乗りにさせられたかと思うと、ぐるりと反転し、シーツに押し倒される。

「ちょっと……！」

いきなり体勢を変えられ、一気に熱が上がった。

ベッドに残った生々しい温もりと亮一の身体にはさまれ、身動きが取れない。

間近で感じる亮一の身体は大きくて、厚みがあった。日奈をつぶさないようにという配慮なのか、両手足を突っ張ってくれているものの、体重をかけられたら抵抗できないだろう。そう思うと、鼓動がさざめき、耳まで熱くなる。

吐息がかかりそうな至近距離では、表情の変化も隠せない。恥ずかしい。

「ど、どういうつもりですか」

「ここなら世界一安全です」

亮一がささやく。無駄に美声で。

「なっ……何言ってるんですか。こんなことしてる場合じゃありません。起きて、朝ごはん食べないと。ぐずぐずしてたら遅刻しちゃいます！」

「そうですね」

亮一はうなずき、数秒、日奈を見つめた。

どうしよう。もっとちゃんと拒絶した方がいいだろうか。亮一の意図が読めない。

日奈は身じろぐ。曲げた膝が当たった——思いきり、亮一の下腹に。

「……っ」

あわてて脚を引っ込めた。蹴った衝撃が膝に残っている。

「あ、あの、ごめんなさい！　わざとじゃないんです……！」

わかっています、と亮一が答える。

「でも、いいキックでした。普通の男であれば、先ほどの対処で相当のダメージを食らいます。相手がひるんだ隙に、私へ助けを求めてください。よろしいですね？」

「……試したんですか⁉」

亮一の口角がゆっくり上がる。

そして日奈の肩のそばについていた腕を外し、解放してくれた。

「かわいらしい姿を拝見できて、最高の目覚めでした」

「からかわないでください」

ベッドから滑り降りた日奈は、パジャマの裾を直した。こんな格好で起こしにきた自分を悔やんでも遅い。パジャマ対スーツじゃ勝負にもならない。

「着換える前に朝食を召し上がるんですね。そういう習慣を知るのも、新婚っぽいですよね」

「亮一さんこそスーツでサングラスをしたまま眠るなんて、驚きました」

「タモリ氏をリスペクトしているもので」

「田森さん？　どなたですか、存じ上げなくて……」

「日本で最も有名な司会者ですよ。コメディアンでもあります」

なるほど、亮一はコメディアンを目指しているのか。そう言われれば腑に落ちる点もある。

「とにかく、朝ご飯にしましょう！　先に下に行ってます」

「すぐに行きます」

楽しそうな声が降ってくる。

お金のために偽装結婚の依頼を受けたのだと思っていたけれど、このひと、乗り気だ。新婚シチュエーションを楽しんでいる。

無防備に眠る亮一をかわいいと感じた数分前の気持ちを巻き戻して修正したい。五階に下りれば、亮一のために用意したスリッパが目に入り、さらにくやしい気持ちになった。

「簡単なものですみません」

「いえいえ、こういったシリアルは栄養バランスもいいですからね。向こうでは私もよく食べていました」

ほっとした。朝からオーブンを使ったり、鍋で煮込んだりなんてできない。

ソファが置かれているだけで、まだ殺風景な室内を見回し、日奈は訊ねた。

「新居、どうですか」

「どうとは？」

「住み心地というか、ここがこうだったらもっといいのにな、って思うこととか……」

「何の不満もありません」

「よかったです。でも、わたしはまだいじりたいんですよね。ほら、二世帯分のスペースを二人で使用するわけですから、前の家から荷物を運び込んでも、収納棚には余裕があるじゃないですか。空間に余白があると、気持ちにも余裕ができますよね。ここに何を置こうか、何色を加えようか、壁の上の方にスワッグを飾ったら素敵かもしれない……そんな風に、足し算で考えられるのって幸せだなぁと思うんです」

相変わらず目元は見えないながらも、亮一が困惑しているのがはっきりとわかった。知らない外国語を聞かされたような顔――。

「あ、意味不明な話をしちゃってすみません」

「いえ、私こそ申し訳ありません。インテリアだとかそういう方面には疎くて、知識不足でした」

「家の中を飾るのに興味がないってことですか？」

「そうですね。こだわりがないといいますか、散らかっていても気になりません」

「本当ですか？　意外です」

あるべきものがあるべき場所にないといらいらするタイプかと思っていた。神経質そうなイメージを勝手に抱いていたのだ。

「対象を護衛するのに支障がなければ、まず気にしませんね。本が山と積まれていようが、ほこりが溜まっていようが」

「へええ……」

驚いた日奈に、亮一が声を立てて笑った。笑ってくれた。たったそれだけのことで謎めいた印象が薄れ、日奈の心には小さな灯りがともる。

「あ、でもこういう隙間は気になります」

言いながら亮一は立ち上がり、レースのカーテンの合わせ目をぴちっと閉じた。

「本来は外からの視線を完全に遮断したいのですが、それだと息が詰まってしまいますから」

「確かに雨戸閉めっぱなしの生活だと、気分が落ち込みそう」

「内装を明るくすればましになるかもしれません」

「それなら、インテリア、わたしの好きな感じにしちゃってもいいですか？」

「もちろんです。日奈さんが落ち着ける環境が何より大切ですから」

「傘立ては必須ですよね。入ってきたところに玄関マットと、鏡も置きたいんです」

北欧風の部屋を目指せるんだと思うと、わくわくする。

「テレビや観葉植物はいかがですか？　最近の薄型テレビは防水で、持ち運べるタイプもあるとか」

「……わたし、テレビ見ないんです」

「全く？」

「はい。あの、別に現代っ子とかそういうんじゃなくて、昔から見る習慣がなくて」

日奈は続ける。なるべく湿っぽい声にならないように。

「母が亡くなってからは、父と二人で家族団らんって感じでもなくて……。見たいと思ったことがないというか……」

少なくとも子どもの頃は、世の中で何が流行しているのか知らなかったし、そんな自分が珍しい存在だとも思わなかったのだ。

「学校から帰った後、眠るまでの時間をどうやって過ごされていたんですか」

「勉強です。家庭教師の先生がいらしてくださっていたので。ときどき庭で遊ぶこともありました」

「優等生の解答ですね」

「本当は違うかも。もう忘れちゃいました」

本来ならば、父が海外勤務になり、日奈は実家に一人残されていた。日中は会社で過ごすから気がまぎれても、朝や夜は心細くなっていたはずだ。

あの広い家で眠ることを考えれば、このマンションでの新生活は安心だ。

どこかに潜む脅迫者の存在は薄気味悪いけれど、今は亮一がいる。防犯体制を整え、会社でも家でも警戒を続けている。亮一が守ってくれるなら、きっと大丈夫だ。

「父上と離れて、さびしくないですか？」

亮一が真意を探るように、日奈の顔をのぞき込んだ。

黒いレンズの奥、一瞬、亮一の目が見えた。温かなまなざしだった。父のような、というのが年齢的に不適当ならば、兄のような。

素顔を見せないボディガードが心を許してくれたのかと思い、見つめ返すと、サングラスはいつもの色に戻っていた。どんな光も反射せずに吸い込む黒。

光の加減で偶然に透けて見えただけのようだ。

「さびしくないです」

「よかったです。部屋は、日奈さんの居心地のいいようにしてください。よろしければ週末にでも、家具を見にいきましょう」

「一緒に行ってくれるんですか？」

インテリアに興味がない亮一を、家具選びにつき合わせていいのだろうか。既に結婚生活に巻き込んでいる以上、もう他人ではないのだけれど。

「帰りに何か運ぶ必要があるかもしれませんしね。あなたに力仕事をさせるわけにはいかない」

そう言うと、亮一は立ち上がった。

「そろそろ出ましょうか。道が混んでいるかもしれません。ごちそうさまでした」

使った食器を食洗機にセットする。出勤前、のんびりしている場合ではないのに、ぼんやりしてしまう。

さっき見た亮一のまなざしがまぶたの裏にこびりつき、忘れられそうにない。とても優しい目をしていた。


昼休み、社員食堂の片隅で、日奈は鞠絵と向かい合っていた。

結婚したの、と打ち明けた日奈に、鞠絵は顎が外れそうな顔で驚きを表した。

「結婚って……嘘でしょ？　え、ホントにホント？　どんなひと？」

「実は鞠絵ちゃん、既に会ってる。短時間、ちょっとすれ違っただけだけど」

「……日奈と一緒にいたひと……だよね？」

「うん」

「え、え、わかんない、昨日？　もっと前？　思い出せないな……。誰？　芸能人で言うと、誰似？　あ、芸能人なんて知らないか」

「本人いわく、日本で一番有名な司会者を尊敬しているって。似てるかどうかはわからないけど」

ヒントを出すと、鞠絵は眉間にしわを寄せた。食べ始めたランチは全然進んでいない。

「……まさかと思うけど、昨日エレベーターで一緒になったあのひと？」

「正解」

「うっそ⁉　あの黒服サングラス？　ボディガードかなって思ったんだけど」

「うん。それも正解」

「へ、どういうこと？　ボディガードと結婚したの？　旦那様がボディガードになったの？」

「父の考えで、ね。昼夜問わず守ってくれるひとがいいだろうって」

「はぁ……セレブの考えることはぶっと飛んでる。ところで、さっきから壁際にいるあのひとって……」

鞠絵の視線を追って、日奈は振り向き、思わず脱力した。

「夫です……」

鞠絵は「やっぱり」と言った。

「壁と同化してるけど、すっごく怪しいなと思ってたんだよね。なんていうか殺気？　オーラ？　普通じゃない感じがする。怖い」

「怖い？」

「怖いわ。はっきり言って、めっちゃ怖い」

亮一に特別なオーラがあるのはわかる。でも怖いとは感じない。ちゃんと言葉の通じる相手だし、礼儀正しいし、何よりも日奈の安全を優先してくれるのだから。

「ああ見えて優しい目をしてるのよ」

「はーい、のろけいただきました、ごちそうさま」

サングラスで目元を隠し、黒ずくめの服を着た亮一は明らかに悪目立ちしていた。通りがかった社員が、亮一の存在に気づく度、ぎょっとしてトレーを取り落としそうになっている。

執務中と違い、昼食の時間帯はいろいろな部署の社員が行き交う。不審者がまぎれていないか警戒しているに違いないが、今のところ食堂内に怪しい人影はない。むしろ亮一が最も怪しい人物だった。

「あ、ごめんね。愛しい旦那様のことを怖いなんて言っちゃって。あ、名前聞いてもいい？」

「亮一さん。ボディガード兼運転手、そして夫でもあります」

「よかった、殺し屋って続かなくて。それにしてもスペック高いね。天はときに、二物も三物も与えるんだね。イケメンだし」

「サングラスしててもわかる？」

「そりゃわかるよ。あたしのセンサーが振り切れてるもん」

「センサー？」

「グッドルッキングマン・サーチ・センサー」

「グッドルッキン……？」

「要はイケメンセンサー」

日奈は唇を噛んだ。素顔を見たことがないとは言えなくなってしまった。

「それにしても、おつき合いもせず一足飛びに結婚とはね。日奈らしいといえば日奈らしいけど、でもやっぱびっくりだよ」

「相談する暇もなかったの。急に決まったから」

「新婚生活ってどう？　熱々なんでしょ？　やっぱり裸エプロンとかやったりする？」

裸と聞こえたけれど、何かの聞き違いだろう。

「エプロンはつけてた。昨日、亮一さんが夕食を作ってくれたの」

「ほっほー。旦那様は料理男子か。完璧ね」

「ホテルみたいで、生活してるっていう実感はまだあまりないかも」

「そっかー。急いで結婚したのは、日奈パパが海外行っちゃうからでしょ？　初恋への未練はもうない？」

「それは……」

声をひそめる。亮一に聞こえていないか気になった。幸い、こちらの話している内容までは届いていないようだ。

幼い頃、親についていったパーティーで日奈は恋に落ちた。

季節は梅雨明け間近だった。雨上がりの、本格的な夏が始まる少し前。

まだ幼稚園に入るか入らないかくらいの年だったと思う。大人の話に退屈し、噴水が虹を作る庭へ出た。半袖のドレスの裾がひるがえるのがおもしろくて、くるくる回っていると。

——そんなことしてたら、目が回らない?

少年が話しかけてきたのだった。

日奈と同じく、パーティー出席者の子どもらしい。でも日奈よりずっと年上に見えた。白い長袖シャツに黒い長ズボンを合わせ、紐で結ぶ革靴を履いていた。

——回るか回らないか、あなたも試してみたら?

——なるほど。

少年は日奈の真似をしてくるくると回った。最初のうちは綺麗に両手を広げ、その場で駒のように回っていたが、やがて支柱を失ったようにふらふらと足取りを狂わせ、もう駄目だ、と大げさな声を上げて芝生に倒れ込んだ。自分より体の大きな男の子をやっつけたような気がして、日奈は愉快になった。二度、三度、と勝負を挑んだ。長く立っていられた方が勝ちというルールで、全て日奈が勝った。

——空が広いよ。

そう言って彼は、両手両足を大きく伸ばした。

——そんなことして怒られない?

——そんなこと?

――地面に寝たら、汚れちゃうでしょ……。

母親がとがめる険しい声が、今にも聞こえてきそうだった。

――大丈夫だよ。汚れたら洗えばいいんだ。

――でも……。

――そのドレスも、土から生えてきたものを収穫して、加工して作られてる。君の身体を作った食べ物だって、海や川で捕ったもの以外は、土から実ったものがほとんどだ。僕たちは、いわば土から生まれたようなもの。全てのものはいつか土に還る。

仰向けになった少年は、すがすがしい笑顔で日奈を誘った。

身体もドレスも土からできていると聞いて、心が決まった。

少年の隣に寝転んだ。本当はそうしてみたかったのだ。

芝がちくちくと肌を刺し、青い空がまぶしかった。

めまいに身を任せ、地面に吸い込まれるような心地よさ。風の匂い。遠い声。

隣を見れば、夏の色を帯びた日差しに少年が目を細めていて、まつ毛の先に光の粒が止まって見えた。

普段の暮らしから隔絶された、おとぎ話のような時間。

世界は自分が触れる範囲よりももっと遠くまで広がっているのだと感じられた日。

親の呼ぶ声が聞こえてくるまで、たわいないお喋りと遊びを繰り返した。

――お迎えが来たみたいだよ。またね。

――ごきげんよう。

翌日からしばらくその少年を探した。親の用事で連れていかれる場所では特に、また会えるのではないかと期待がふくらんだ。でも彼に似た少年を見かけることはなかった。そして逆に誰を見ても彼に似ているような気もするようになった。少年のことばかり考えているせいだ。せめて名前を聞いておくべきだったと後悔した。

全てのものは土に還るという言葉の意味をすぐにはわからなかった。母が亡くなって煙になった後、日奈はあのとき少年が言ったことをちゃんと理解したのだ。

少年の面影を反芻して、二十年以上が経過した。鮮やかだった思い出はすり切れ、淡く色を変えた。二人で見上げた空は、青かったという記憶だけが残っている。

今、もし彼とすれ違っても気づかないと思う。向こうだって日奈を見分けられないに違いない。お互い姿形は変わっただろうし、そんな昔のことなど忘れていて当然だ。

もしかしたらパーティー関係者の子息ではなく、たまたまま紛れ込んだ近隣の子どもだったのかもしれない。今ではそう思っている。もう会うことはないだろうとも。

初恋の思い出を、成人し、入社してからも大事に持ち続けた。鞠絵の数々の武勇伝を聞いた後、日奈の唯一の恋として打ち明けた。鞠絵は馬鹿にすることなく、「日奈らしい」と微笑んでくれた。

長年にわたって心の真ん中に居座っていた少年を追い出すのは忍びない。でも、彼とはおそらく二度と会えない。抱えていた未練を手放すときが来たのだと思う。

「結婚しちゃったし、その話はなしで」

鞠絵はすぐに察してくれた。

「パパが海外行ってる間、実家を二人で使うっていう案は出なかったの？」

「それじゃ広すぎるもの。中目黒のマンションに必要最低限のものだけ移したところ」

「いいなー、新居。愛の巣か。そのうちお邪魔させてもらおうかな」

「もちろん来てほしいんだけど、まだ片づいてなくて……それに、二人の生活も始めたばかりで手探りっていうか、お客様を迎える余裕が……」

「はいはい、ラブラブな新婚夫婦の邪魔はしませんよっと」

「ラブラブとか、そうじゃないの。だって知り合ったばかりで」

「まぁ、昔のひとはほとんどみんな、家と家が決めた結婚をしてたわけだしね。普段はあまり意識しないんだけど、こういうときに日奈の家の格を思い知るわ」

「そういうこと言うのやめてって言ってるでしょう」

「ごめんごめん。ま、一緒に暮らし始めて、愛が育てば大丈夫でしょ」

「愛……」

育つのだろうか。夫婦のふりをしているけれど、実際はボディガードと警護対象という契約関係でしかない自分たちの間に。

この生活がいつまで続くかはわからない。

警察だけではなく、探偵事務所にも相談していると父は言っていた。なるべく早く脅迫者がつかまってほしいと思う。

　でも日奈を脅迫してきた犯人が特定され、身柄が確保された場合、亮一はどうなるのだろう。用済みとなって、契約は終了だろうか。

　想像すると心細い。やはり父が帰ってくるまではそばにいてほしい。悪いひとじゃないみたいだし。

「ちょっと、日奈、どうしたの。暗い顔して」

「あ、ううん。雨が続くなぁ、って」

　鞠絵の向こう、窓の外を雨のしずくが不規則な曲線を描いている。

「傘ないの？」

「一応持ってるけど、夫が車を出してくれる」

「あー、素直にうらやましいわ。こっちにも日奈の幸せを分けてほしいよー……」

「この前おつき合いを始めたひととは、どうなったの？」

　はああ、と鞠絵が大きくため息をついた。

「最初はいいひとだと思ったんだよ。話が楽しくて、将来のビジョンもはっきりしてて……。でも、お金貸してくれって言われて、おかしいなと思ったわけ。疑うのは悪いかなと思ったんだけど、調べてみたら、名前は偽名だし、東証一部上場企業の会社員って身分も嘘だった」

「そんな……」

動揺した。

日奈と亮一も嘘をついている。二人して世間をあざむいている。

偽装結婚だと鞠絵に知れたら、どんなに非難されるだろう。軽蔑して、もう友達でいてくれなくなるかもしれない。

「ま、いわゆる婚活詐欺？　最初からだますつもりであたしに近づいてきたんだろうな。全然見抜けなかった。でもＮＰＯ設立の資金にするなんて、そんな綺麗な嘘をでっち上げなくてもいいじゃない？　ギャンブルですっちゃったとか、まずいところから借りすぎちゃったとか、みっともなくても本当のことを言ってほしかった」

「鞠絵ちゃんが見抜けないほどすごく上手な嘘だったのね」

「とっくに好きになってたから」

「そのひとのことを？」

「うん。二十六にもなって馬鹿だよね。他人の話ならそんな男怪しいよ、って言えるのに、どうして自分の身に起こると、深みにはまるまで気づかないんだろうね……」

鞠絵の何度目かの恋。そして何度目かの失恋。

対する日奈は、たったひとつの淡い初恋を引きずって二十六歳になった。小さな思い出にすがって、大人になってしまった。

恋愛経験のない自分は、鞠絵への適切なアドバイスなどできない。

「あ、宮園さーん」

白木先輩が日奈たちの方に近づいてくる。

「俺も一緒していい？　あれ、もう食べ終わっちゃってる？」

「あ、はい、すみません」

「ちょっと先輩、あたしのこと無視しないでくださいよー！」

「あぁ向井さん、久しぶり。元気そうだね。宮園さんに伝えたいことがあってさ。結婚祝いの飲み会だけどさ、今週金曜でどう？　部長がその日ならＯＫだって言うからさ」

「金曜ですか」

「もう用事入ってる？」

「いえ、大丈夫です」

「ならよろしく。突然で悪いな」

「経理の飲み会？　あたしも参加しちゃ駄目ですか、元経理部として」

「あ、来てくれたら嬉しい。大歓迎ですよね？」

鞠絵が同席してくれるなら、場も盛り上がること間違いなしだ。

先輩もうなずいた。

「じゃ、詳細は後でメールしておく」

そう言うと先輩は、定食を頼む列に向かった。最後尾に並ぶ前に、壁際に立つ亮一に気づいたらしい。おぉっ、とのけぞった。

「すげえ。映画の撮影みてー。メン・イン・ブラック？　エージェント・スミス？」

他の社員が遠巻きに見守る中、白木先輩は亮一に近づいていった。あろうことか、握手まで求めている。

おそらく先輩ならば、本物のハリウッドスターと遭遇しても同じ態度で接するだろう。

「白木さんってある意味大物だよね」

「ちょっと行動が予測できない……」

「遠慮なしにざくざく切り込んでいくもんね」

鞠絵の言葉に深くうなずく日奈だった。

「本日は、私事にもかかわらずこのような場を設けていただき、恐縮しております。たくさんのお祝いの言葉を賜り、身を引き締めております。若輩者ではございますが、これを機に社会人としても一層精進してゆく所存です」

「立派な決意表明に拍手！」と白木先輩は既に酔っぱらったようなハイテンションで言った。

「じゃー、みんな飲みたがってるし、始めちゃいますか。宮園さん、結婚おめでとー！乾杯！」

部署を構成する約半数が集まったのは、先輩の人徳か、アフターファイブに予定のないひとが多いためか。単にお酒好きが集まっているのかもしれない。

「あ、部長、日本酒行きます？　結構銘柄そろってますよ。飲み放題なんで、このメニューの中なら何でもオッケーっす。あそこのエージェント・スミスに頼めば、すぐ持ってきてくれるんで」

「スミス？　外人さんか」

「あのグラサン店員です。最近、俺の行く先々に現れるんっすよ、マジでエージェントかも。『アンダーソンくん』って呼ばれたら即逃げてくださいね」

「白木くんの言ってることはよくわからんけど、メニューの中から選べばいいのか」

　腰に黒いエプロンを巻いた亮一が遠くからこちらを見た。他の店員と比べて長身で明らかに年嵩な彼は目立つ。

　仕事は無難にこなしているようだ。グラスやお皿を運び、注文を受ける。器用なひとだなあと思う。飲食店での勤務経験があるのかもしれない。飲み会に参加すると日奈が話した次の日には、店側と話をつけたらしい。

　鞠絵以外の社員たちは、店員に扮した亮一が日奈の夫だとは知らずにいる（黙っておいてくれるよう鞠絵には頼んである）。

　社員食堂にいた彼がなぜ居酒屋で働いているのかと、いぶかしむ社員が現れなくてよかった。白木先輩は勝手に独自の理解をしてくれている。そのまま真実のふたには触れないでほしい。

「ちょっと小耳にはさんだんだけどさ、宮園さんちって、家政婦や運転手、雇ってたりするんだって？」

「はい、以前の話ですけど。通いでいらしてくださってました。わたしが小さい頃は、養育係の方が住み込みでお世話してくださって」

　お抱えの何が珍しいんだろうと思っても、顔には出さないよう心がける。学生時代には同じように恵まれた環境で育った子ばかりがいて、その点では楽だった。社会に出れば、奨学金の返済についてぼやくひとたちがいて、自分たちの暮らしが特殊なものであるとわかった。

「養育係って……王女かよ！　ラグジュアリー！　失われた二十年って何？　同世代とは思えねえー！」

　親が多忙だったので、とつけ加えた言葉はかき消された。

「全部周りにやってもらってたのにいきなり結婚って、落差激しくねえ？」

「いやいや、今もメイドが全部やってくれるんでしょ？」

　白木先輩を中心とした男性社員たちは、日奈の暮らしぶりを勝手に想像して盛り上がっている。ほとんど妄想の、無邪気なお喋りだった。

「家もお城みたいなんだろ？　門をくぐってから玄関まで百メートルあるって聞いた」

「宅配便業者が庭で迷子になったとか聞いたけど、マジかもな」

「俺が聞いた話だと、庭から新種の恐竜の化石が出たって」

「家が重要文化財で、庭園として一般開放してるんじゃなかったか？」

　宅配業者が迷子になった話と化石が出た話は単なる噂だが、明治時代に建てられた本家の住宅は、今世紀に入ってから国の重要文化財に指定された。宮園氏庭園として一般公開しているというのも本当だ。

　新居は普通のマンションです、と打ち明けたら水を差してしまいそうなので黙っておく。

「勝手なこと言ってるし」

　隣の席で鞠絵が失笑し、日奈は微笑んだ。目の前の日本酒を飲み干すと、すぐに新たな酒が注がれる。

「で、新婚生活どうなのー？」

「……まだよくわからないっていうか……」

「楽しい？」

「楽しいですよ」

「旦那さん優しい？」

「はい」

「不満は？　実はあるんじゃないのー？　こんなひとだと思わなかった！　とかさ。抱えてないで、ぶっちゃけちゃえ」

「何もないです」

　きっぱり答えると、白木先輩はしゅんとした。

「つき合ってどのくらいで結婚したんだっけ」

社内の朝礼では逃げ切れた質問攻勢が再び日奈を襲う。本当のことを言うわけにはいかない。

脅迫された事実も、広めていいことはないだろう。同僚や会社を巻き込むのは避けたい。

困り果てた上、日奈は逃げた。酒席からではなく、お酒そのものに。

「……内緒です」

微笑み、くいっと飲み干す。アルコールが緊張をほどいてゆく。

そこから先は何を聞かれても、酔っぱらっちゃったみたいでわかりません、とはぐらかした。

実際、酔いが進んで、舌がうまく回らなかったし、相手が話している内容も理解できなくなってきた。

客の笑い声と店員のかけ声のようなものが飛び交う店内で、けたけたと笑う声が聞こえたと思ったら、自分が笑っている――そんな状態だった。

鞠絵が小声で「飲み過ぎじゃない？」と訊ねてくるのを、いいのいいの、とあしらう。

「全くもう、旦那さん同伴だからって……」

鞠絵の言う通り、何があっても亮一がいてくれると思うだけで安心だった。

中座してトイレに行くときも不安は感じなかった。

「間もなくお時間となります。幹事様は――」

亮一ではない、本物の店員が声をかけてきた。白木先輩が支払いに応じるのを横目で見ながら、日奈は立ち上がる。立ち上がろうと、した。

天井と床の位置関係がぐるりと反転し、気づけば畳の上に寝そべっていた。

「宮園さん！　平気？」

「誰だよこんなに飲ませたの。安い酒は悪酔いするだろ」

「いや、お嬢様本人が自主的に摂取を……」

「大丈夫、大丈夫です」

畳に手をつき、どうにか上半身を起こす。こちらへ近づいてくる影が見えた。

亮一だった。

店員が介抱すると思ったに違いない、社員たちは場所を空けた。

亮一は体勢を低くしたかと思うと、立ち上がれずにいる日奈の膝の裏に腕を通した。

「つかまっていてください」

軽々と抱え上げられた。

日奈を横抱きにしたまま、亮一は社員たちに向かって一礼した。

「お先に失礼いたします」

暴れたら落ちるかもしれない。ぐわんぐわんと音が響き、手足を巡る血の流れがやけに速く感じられる。まるで身体中を小さな新幹線が走っているかのようだ。やはり飲み過ぎた。

店の出口に運ばれる。

まぶたを閉じると逆に気分が悪くなりそうで、目を開けていた。

視界に入るのはしみの浮いた店の天井でしかないのに、なのになぜかそのとき、幼い日のパーティーで見た空を思い出した。

芝生の上、白いシャツの少年と隣り合って寝転び、見上げた青い空。

二十年以上の時間を経て、不思議なほどリアルにあのときの光景が思い出された。

「あの、靴は……」

「後で届けさせましょう。車はすぐそこに停めてあります」

すぐそこと言われても……子どもみたいに抱えられて店を出るなんて。

動揺していると、疑問符だらけの叫びが聞こえてきた。

「ちょっとあれどういうこと⁉　炎上必至だろ！」

「ありえなくね？　居酒屋バイトが客をお持ち帰り――？」

「しかもお嬢様を⁉」

同僚たちの声だ。扉が閉まり、喧騒がふっと途切れる。

(本当は、店員じゃない、夫です)

なぜか頭の中に響くのは五・七・五のリズムで。

(嘘だけど、ボディガードが旦那様)

鞠絵は黙っていてくれるだろうか。みんなに問い詰められて、「実はあのひと旦那さんなんですよ、飲み会にまでついてきちゃうって、もうラブラブですよね～」などと話してたりして……。

　ずいぶん歩いた気がするけれど、駐車場にはまだ着かない。

「こんなことしたら目立つじゃないですか。今狙われたら……」

　脅迫してきた犯人は今夜の飲み会のことも知っているかもしれない。この瞬間にも襲いかかってこないとも限らない。日奈を抱えたまま応戦するのかと思うと不安になる。

「静かに」

「え？」

「しっかりつかまっていてください。走ります」

　宣言すると同時に亮一は路地に折れ、走り出した。酔ってぼうっとした頭でも、のんびり歩いていられない非常事態が起きたのだとわかる。

　裏道を抜ける間、せめて亮一の負担にならないようしがみついていた。

「何があっても私が守ります」

　小さいが力強い声でささやかれた。なぜか、亮一が守ると言ってくれたら、どんな状況でも守ってもらえるんだと信じることができた。


　車に乗っている間、少しうとうととした。マンションに着くと、先ほどと同じように抱えられ、まっすぐ五階へ運ばれた。

もう歩けるけど、と訴えたものの、聞いてもらえなかった。過保護だと思う。

亮一が寝室に踏み込んでくるのも初めてだし、お姫様抱っこでベッドに下ろされるのももちろん初めてのことで、かなり照れた。

一人で何でもできるようにと、幼い頃から養育係に教育された日奈には、親に抱っこされた記憶すらない。

「顔が赤いですね」

からかう口調で指摘される。

「酔ってるせいです。あの、重くなかったですか？」

「思った以上に軽いので驚きました」

「それは……よかった、です。あの、どうして走ったんですか？　車までもっと近い道もあったのに」

「怖い思いをさせて申し訳ありません」

亮一は詫び、口元を引き締めて言った。

「不審な動きをする人影がありましたので、念のため、迂回しました。関係機関に連絡し、脅迫者との関連を調べています」

ああ、やっぱり。

常にお前を見ている――手紙の文面を思い出し、言葉を紡ぐことができなかった。

「どうぞゆっくりなさってください。失礼します」

亮一は日奈を置いて出ていった。

何だかサスペンス小説の中に放り込まれたみたい。自分が狙われているなんてやはり信じられない。でももし亮一がいなかったら、不審者に気づかずに普通に店を出て、正体不明の誰かに襲われたかもしれないのだ。

枕元に置いている写真立ての母親を見つめ、「物騒な世の中」と泣き言を漏らした。母は笑顔のまま、何も答えない。

ベッドの上で丸まっていると、ノックの音が聞こえた。

「もうお休みでしょうか」

「起きてます。どうぞ」

亮一は何やら手に持っている。

「忘れるところでした。他人と接触した部位を消毒しなければ」

「え？」

「手を触れたり、肩を抱かれたりしたでしょう。毒を仕込まれている可能性もあります」

温かく湿ったものが手の甲に押しつけられた。蒸しタオルを作ってきたらしい。

飲み会のさなか、器やグラスを受け渡しするときに指が触れたり、部長に肩を叩かれたり（比喩的な意味ではなく、親しみを込めた表現だと思う）したけれど、接触というのはそのことだろうか。

まさか会社のひとたちが毒を盛るわけがないと思ったけれど、断れずに身を任せた。

えた。

首元をぬぐわれ、心地よさに目を閉じる。顔はこれじゃ駄目だ、となけなしの理性が訴

オル。悪い気分ではない。疲れもほぐれてゆくようだった。

亮一はかいがいしく日奈の腕をふいてくれる。入浴代わりのちょうどいい温度の蒸しタ

「そんな風に酔っていてはお風呂は無理ですね」

くりする。どうしてこんなものまで持ってるんだろうか。

差し出されたのは、ふき取るタイプのクレンジングシートだった。用意がよすぎてびっ

「こちらをお使いになりますか？」

「メイクは自分で落とします……」

メイクをふき取った後、再びされるがままになる。

腕を持ち上げられ、脇をさらす。

亮一の手つきは丁寧で優しく、皮膚を傷つけないようにという配慮を感じた。

むずむずしたくすぐったさは、決して不快ではなかった。

「なんて顔をなさっているんですか」

「……え？」

亮一は大きく息をついた。今までとこれからを区切る合図のような、長いため息だった。

鼓動が乱れる。胸の奥にある小さな炎が、あおられてゆらめく気がした。

亮一がベッドに膝を載せる。スプリングがきしんだ。

日奈のすねに手を這わせ、膝に向かって、手のひら全体で撫で上げる。

「な、なに……」

ストッキング越しに触られているだけなのに、奇妙な感覚が生まれて、日奈は困惑した。どきどきしてうまく呼吸ができない。

両脚が開いてしまう。意識して両膝をくっつけておかないと、だらしない体勢になる。

亮一の手は磁力を帯びているようだった。磁石の動きに沿って砂鉄が導かれるように皮膚の下で血流がざわめく。

大きな手のひらが膝を越える。

そっと腿に触れ、ワンピースの下に潜り込み、下腹を撫で上げる。指がストッキングのゴム部分をとらえ、薄い繊維をゆっくりと引き下ろした。

他人に脱がされるという異常事態についていけない。頭は警告サインを出しているのに、身体は受け入れてしまっている。

亮一は、丸まったストッキングを丁寧にたたんでベッドの端に置いた。普段、自分ではそんな風に扱うことはないから、いたたまれない気がした。

締めつけから解放された両脚はほてりをまとったまま、素肌をさらしている。

亮一が言った。

「襲われたときにはどうするか、教えて差し上げたはずですが。相手は見るからに乱暴な手段を取るとは限りませんよ」

日奈ははっとした。これもまた身を守る練習なんだ、と目が覚める思いだった。酔いも吹っ飛んだかもしれない。

数日前に習った通り、足先に力を込めて亮一の下腹部を蹴る。びくともしない。内臓を守る硬い筋肉を想像し、ますます頬が熱くなった。思いきり蹴ったのに、蚊が止まったほどの反応も見せない亮一が憎らしい。

亮一は日奈の足先をつかむと、穏やかに言った。

「結構です。こんな事態にならないよう私も留意しますが、日奈さんも充分警戒なさってください」

「……はい」

「もっとご自身を大切になさることです。今のままでは無防備すぎます」

亮一はベッドから降りてひざまずき、日奈の足の甲に唇を寄せた。わずかにかかる吐息がくすぐったい。

他人の唇を、自分の皮膚で感じるのが不思議で、思わず息をつめてしまう。

身体中の神経が一点に集まったかのように、足の甲の皮膚は敏感に刺激を感じ取る。濡れた粘膜の生温かさと弾力。

これ以上は無理と思うタイミングで、押しつけられた唇が離れていった。

亮一は立ち上がり、部屋を出ていく。

「脱いだ服はまとめておいてください。クリーニングに出しておきます」

身辺警護だけじゃなくて家事までしてくれるなんて、至れり尽くせりだ。感謝しなければと思うのに、この気持ちは――この感覚は、何だろう。手の甲にキスされたときとは違う。

羞恥と期待がマーブル模様になり、続きを求めてしまうような。もっと一緒にいたいのに、はいここまでと切り上げられて物足りないような。

パジャマに着替え、ベッドに横になってからも、足に残った唇の感触は消えなかった。

2　ときめきの始まり

飲み会の翌週はおそるおそる出社した。

土曜日に鞠絵から携帯に届いたメールには、『具合大丈夫？　みんなにはボディガードだって言っといた』とナイスな顛末(てんまつ)が書かれていた。日奈が運ばれた後、同僚たちは「今の男は誰だ、何者だ」と騒いだらしい。宮園家が契約したボディガードであると鞠絵が説明し、皆を納得させた。鞠絵の鮮やかな話術が発揮されたのは間違いない。

けれど、一応は日奈が飲み会の主役だったわけで、あんな形で退席したことをちゃんと謝りたかった。

経理部のフロアに入ったところで早速、白木先輩に見つかった。

「おはよ、宮園さん」

「おはようございます。金曜はお見苦しいところを……すみませんでした」

「いやいや、楽しかったよね～。エージェント・スミスは？」

「はい？」

「ボディガードの彼が見当たらないなーと」

「会社まで送ってもらいました」

「もしかして旦那さんよりも、ボディガードと一緒にいる方が安心だったり？　なわけないか。新婚だもんな。むしろ旦那さんがジェラシー！　みたいな」

日奈は笑ってごまかした。どうやら鞠絵がついてくれた嘘はばっちり有効だ。こういうとき、白木先輩の単純さはありがたい。

社員食堂の壁と同化したり、居酒屋からお姫様抱っこで救い出す強面のボディガードが夫であるという事実は、あまり知られたくない。

「飲み屋から颯爽と、ホント軽々と、宮園さんを運んでってさ、あのシーン、マジで絵になるっつーか、映画みたいだった。あの後は？」

「……酔っててよく憶えてません」

「そなの？　秘密のトレーニングに巻き込まれちゃったりしなかった？」

「よくわかりませんが、ないと思います」

「寝る前に腹筋百回とか軽々やってんだろうなー。バーベルとかどのくらい上げられるんだろ」

「さあ……」

家に帰ってお互いの部屋に引っ込んだ後、亮一が何をしているかは知らない。彼が寝室として使っているはずの六畳間の様子を見たことはないのだ。

「俺も鍛えるかなー、夏に向けて。ひと夏のアバンチュールに向けて！」

た。

上司や同僚が出社してくる度にお礼とお詫びを言って回り、ようやく気持ちが落ち着いた。

「どうぞがんばってください」

「目指すぜシックスパック……！」

なぜか亮一の存在が白木先輩の筋トレ欲に火をつけたらしい。

昼休み、功労者である鞠絵に、何かお礼させてほしいと頼んだ。えーそんなのいいよ、と渋っていた鞠絵だが、それなら、と口を開いた。

「つき合ってほしいところがあるんだ。一人では行きたくなくて」

「鞠絵ちゃんのお誘いならどこへでも行くけど、もれなくもう一人ついてくるよ……いい？」

「二人のラブラブっぷりをじっくり観察させてもらう」

「それはちょっと……ご期待に沿えないかなぁ」

「冗談だってば。でね、ここなの。もう日奈には用のない場所かもしれないけど」

鞠絵がスマートフォンの画面を見せた。『都内の縁結びスポット』を紹介しているページで、筆頭に挙げられているのは東京大神宮だった。

「東京のお伊勢様？」

「そう。この夏こそ運命のひとと巡り会いたいから、神頼み。ここのお守り、効果あるらしくて」

「へえ。でも本場の伊勢神宮じゃなくていいの？」

「遠いもん」

「昔のひとと違って一生に一度の距離でもないし、土日の一泊二日なら行けるんじゃないかなぁ」

「あたしは近場で縁を求めてるの。遠距離恋愛には懲りてるからね。できれば都内在勤、在住のメンズとの縁を取り持ってもらいたいわけ」

「だから東京のお伊勢様か……なるほどね」

「担当地域の違う神様に祈るより、地元の神様に頼む方が確実でしょ」

　その日の帰り道、亮一に報告した。

「週末、鞠絵ちゃんと飯田橋の東京大神宮に行く話があるんですけど」

「飯田橋ですね、了解しました。電車と車のどちらにしましょうか？」

　一も二もなくついてきてくれるようだ。さすが仕事熱心なボディガード。

「電車でいいです。あの、何か改善した方がいいことがあったら遠慮なく言ってくださいね」

「どうしたんですか、いきなり」

「亮一さんはアメリカでルームシェアしてたんですよね？」

「最初の一年はホームステイです。その後は、友人と部屋を借りました」

「それって、恋人ができたってことですか？」

「いえ。男友達です。韓国からの留学生でした」

否定されてほっとした。

もし亮一が彼女との同棲も経験済みだったら、今よりもっと引け目を感じてしまう。

何もかもが初めての自分。乏しい経験値。

「わたしは共同生活って勝手がわからなくて……でも亮一さんに嫌な思いをさせたくないですし、こういうときはPDCAサイクルが最適かと思って」

「プロジェクトマネージメントの本でも読みましたか」

「部長がよく話に出すので、なじみがあるんです」

PDCAは仕事の質を継続的に改善する手法で、『Plan（計画）→Do（実行）→Check（評価）→Act（改善）』の四段階を繰り返す。つまり、これからすることを考え、考えたことを実際に行い、その結果の良し悪しを判断し、見直すという流れになる。なんとなく日常生活にも活用できるんじゃないかと思ったのだけれど。

「真面目ですね」

亮一の声は優しかった。

「私は何も不満はありません。嫌な思いなんてしていませんよ」

「それならいいんですけれど……」

車は無事にマンションの駐車場に滑り込んだ。部屋に上がるまで、軽い緊張が続く。

父が日本にいない今、頼れるのは亮一だけ。

非常識なお嬢さんだと思われたくない。

自分なりにがんばってはいる。具体的には、朝食の内容を充実させ、部屋の整頓も心がけている。

夕食は亮一が、朝食は日奈が用意する分担で落ち着いた。一緒に食事を取り、護衛されながら会社と家を往復するうち、亮一がどういう人間かもわかってきた。

居酒屋帰りに日奈を運んだときのように大胆な行動に出るのは稀で、普段は陰に徹している。礼節が備わった身のこなしを崩さない。家の中でもだらだらせず、意思と目的があって動いているのがわかる。怠けている姿は全く想像できない。

「遊びに行きたいとか、何かやりたいことがあったら亮一さんも言ってくださいね」

「ご配慮ありがとうございます。今のところはあなたといるだけで、遊びたいという欲求を解消できています」

「まるでわたしをおもちゃ扱いしてるみたいじゃないですか」

「そう聞こえましたか」

「……不本意ですけど。あ、でもおもちゃなんて必要ないですよね。大人だから」

亮一は珍しく黙り込んだ。日奈はその顔を見つめる。

二十センチ以上ある身長差。見上げる角度も身体は憶えた。

サングラスの奥に、言葉にできない真意が隠れているような気がする。ちゃんと知りたい。本音を聞きたい――でも、そこまで深く踏み込まない方がいいのかもしれない。

不自然な空気になる前に、日奈は目をそらした。


新婚を装って二週間。

亮一と過ごす時間もリラックスできるようになった。

隣り合った空間に亮一がいても意識の邪魔にならない。発する波長が穏やかなのか、存在感のオンオフを自在にできるのか、亮一は空気に溶け込んでしまう。最初のうちはよそよそしく感じられていた新居が、くつろげる場所になったのはありがたかった。

明日は鞠絵との参拝だ。

のんびりとお風呂に入った。楕円形の浴槽に身を沈め、膝を伸ばす。

ふと視界の隅に動きを感じて、扉の向こうに目を凝らす。

脱衣所に亮一がいる。

「何してるんですか」

「洗濯機の修理です。業者が来ました」

「こんな時間に……」

「昼間は仕事でしたからね。遅い時間帯を指定しました」

洗濯機の調子が悪いと亮一に話したのは、週の真ん中の水曜日。脱水の途中で停まってしまったり、故障には違いないものの、全く動かない状態ではなかったので、だましだまし使っていた。

「こちらです」と亮一が修理業者を誘導する声が聞こえる。

脱いだ服やこれから着る寝間着はたたんでおいたものの、まさか脱衣所に誰かが入ってくるとは思っていなかった。業者の目に触れないよう、亮一が片づけてくれただろうか。

何もまとわぬ状態で出ていくわけにもいかず、信じて任せるしかない。

扉一枚隔てただけの場所で、見ず知らずの人間が作業をしていると思うと落ち着かない。そろそろ出ようと思っていたのに、タイミングを失ってしまった。日奈は気配を殺し、湯船の中で膝を抱えた。

しばらくがたがたという音が続き、やがて静かになった。

「終わりました」

少し眠っていたのかもしれない。亮一の声に、はっと顔を上げる。

「あ、対応してくれてありがとうございます」。

「この家に他人を入れたくはなかったのですが」

まぁそれは仕方がない。

それにしても――気持ちが悪い。

立ち上がり、浴槽の外に足を踏み出したところで、すっと手足が冷たくなり、後ろから髪を引っ張られたように視界が揺れた。洗面器がひっくり返る派手な音がして、でも視界が真っ暗になったせいで確かめられない。

「日奈さん！　どうしました？　……失礼します！」

浴室の扉が開き、亮一が入ってくるのがわかった。何も見えないけれど、空気の揺らぎで亮一の動きを感じる。

額に手があてがわれた。大きな手だ。

「熱いお湯に入っていたところを急に立ち上がったせいで、貧血を起こしたのでしょう。頭を低くして休んだ方がいい」

亮一の声はどこか遠くから聞こえた。話している意味はわかるものの、うなずくことも、言葉を発することもできない。自分が今何も身につけていないのはわかっていたが、それを恥ずかしいとすら思わなかった。

抱え起こされた後、かすかな上下動と、皮膚を覆う感触の変化。亮一がタオルでくるんでくれたのだ。

「どこか打ちましたか。関節が壊れた人形のように、日奈はぐったりとされるがままでいた。痛くありませんか？」

完全に意識を失っているわけではないことを伝えようと、あごを引いてうなずいた——つもりだけれど、伝わっただろうか。

平らな場所に横たえられる。

木陰のそよぎに似たかすかな風が心地いい。

そっと目を開けると、そばに亮一がいた。床に両膝をつき、紙の束を手に扇いでいた。

頬に受けていた風は、亮一がつむいでいたらしい。

暗かった世界が色を取り戻すように、意識が回復し、現実にピントが合う。先日の飲み会に続き、亮一に介抱されるのは二度目だ。

今寝かされているのは、脱衣所の床だった。

「……洗濯機は？」

かすれた声は自分の声じゃないみたいだ。

「無事使えるようになりました。盗聴器なども仕込まれていないことは確認済みです」

「ありがとうございます」

「急に動くと、またためまいを起こしますよ」

身体を見下ろすと、無防備な自分の姿に愕然とした。バスタオルがかろうじて胴体を包んでいる。少し脚を動かしたら、めくれて大変なことになってしまう。

「あの、もう大丈夫ですから。すみません、迷惑かけてばかりで……」

「私はあなたのものです。一切迷惑などではありません」

サングラス越しでもわかる、真摯なまなざしが日奈を見下ろしていた。

（わたしの、もの）

偽装結婚と警護の労力に加え、心までささげるなんて気前が良すぎる。

ずるい言い方をすれば、亮一はただの共犯者だ。いつかは終わる生活。苦境を乗り切るための仮暮らし。職務をこなしてくれさえすればいい。……なのに。

「必ず守ります。大事にします」

目の前の亮一はまっすぐすぎる誓いを口にする。

日奈はそっぽを向いた。

脱衣所の壁をにらんだままつぶやく。

「大げさじゃないですか……。本当の夫婦じゃないわけですから」

「では本当の夫婦になってみますか?」

亮一の手が肩に触れた。

親指が鎖骨をたどる。指先を立てることなく、やわらかな指の腹でゆるゆると撫でる。

他の四本の指は肩先に添えたまま、親指だけを滑らせてゆく。喉元に近い位置から、外側へ向かって。

日奈はあわてた。「あの」とか「えっと」と意味のない声を発するだけで、抵抗にはほど遠い。

器用な指先は薄い皮膚の下の神経を探り当て、しびれさせる。

端まで来ると、一度指を離し、再び喉元のくぼみに戻る。それが繰り返される。

感覚が開いてゆく気がした。軽く圧を感じるだけなのに、魔法のように気持ちがよかった。

強く唇を引き結んでいないと、おかしな声が漏れそうだ。脱衣所には窓がないから、たとえどんな声を出しても亮一以外の誰かに聞こえはしない。でもこんな自分、とろけそうになっている声は、恥ずかしくて亮一にも聞かせたくない。エレベーターの中よりも、

ベッドの上よりも強く「密室」を意識した。

呼吸は熱く、胸の奥が湿って苦しい。

こんなのおかしい。ボディガードと警護対象がやることじゃない。そうだ、亮一は言った。本当の夫婦になってみますか、と——だからこれはきっと、愛し合う二人がする行為の入り口。

頭の片隅で、警告灯が光った。

また試されているのかもしれない。戯れるふりをして男女の力の差を見せつけ、「襲われたときの抵抗の仕方は教えたはずですが」と、からかいにも似た意地悪な声で告げる亮一の姿が、ありありと想像できた。極彩色の夢を見せておいて、いきなり風船に針を刺すみたいに現実へと連れ戻すひとだから。

流されたら駄目だ。

「……もう大丈夫です」

亮一の手を払いのけて立ち上がる。バスタオルがはだけないよう、端をきつく折り込んだ。

「溺れた仔猫のようですね」

「……猫?」

「ふいとどこかへ行ってしまいそうな危うさがあります」

そうか、あれは猫を飼いならす指の動きだったのか。

本当の夫婦なんて言ったくせに、おもちゃの次はペット扱いだなんて、しゃくに障る。

「お騒がせしました。後は自分でやりますから」

ドライヤーに伸ばした手の上に、そっと亮一の手が重ねられた。

「何ですか」

「貸してください」

亮一は日奈の後ろに立ち、ドライヤーのスイッチを入れた。音と熱に遮られ、抗議する間も与えられなかった。

自分以外の手で、髪を乾かされるのは別に初めてではない。でも亮一は美容師とは違う。ボディガードの訓練内容に、女性の髪のお手入れなど含まれているはずもない。なのに――。

タオルで水気を吸いながら、指で髪を持ち上げ、熱風を当てる。手つきは熟練の美容師のようだった。いたわりのこもった仕草に、全身を委ねてしまいたくなる。

亮一の指が髪をすく。

重く湿っていた髪と頭皮が、さらさらと乾いてゆく。

一緒に暮らし始めたばかりとは思えないほど、ずっと前からこうしているような安心感があるのは不思議だ。

「ありがとうございました。何から何まで」

最後に冷風を当てて仕上げると、亮一は謎めいた笑みを浮かべた。

「お返しは結構ですよ。夫婦ですから。おやすみなさい」

冗談とも本気ともつかない言葉を言い残し、出ていく。

後には、複雑な気持ちを抱えた日奈だけが残された。


駅に近いイタリアンレストランで昼食を取り、東京大神宮へ向かった。

表通りを折れると、一目で参拝客とわかる人の流れができていた。神宮へ向かうほとんどが女性だ。

鞠絵がため息をついた。

「何この女子率の高さ……。恋愛成就のご利益を求めるのは、圧倒的に女子多数ってこと？　ここに来れば、出会いを求めるメンズがはいて捨てるほどいると思ったのにー」

「男のひとは神頼みしないのかしら」

「婚活パーティーとか、お見合いサービスに登録するのかな」

「そういうのは嫌なの？　鞠絵ちゃん、普段はすごく現実的なのに」

「出会いくらいは、人知を超えた巡り合わせに任せたいもん。条件を設定して、好きになれそうなひとを探すなんて順番がおかしくない？　まず出会って、好きになって、好きになったひととの将来を考えるっていうステップを踏みたい」

「鞠絵ちゃんって案外夢見る乙女よね」

「何言ってるの。あたしは夢の塊だよ。夢そのものだよ。『アイアムアドリーム』から伝説の演説を始めちゃうくらい。あ、ここ笑うところだからね？」

「白木先輩を思い出したわ」

「やめてー。これから参拝するのに心が穢れる……！」

心の穢れ、か……。

好きになったわけでもないのに結婚を決めたなんて、とても言えなくなった。

日奈の左には鞠絵、右後ろには亮一が歩いている。

鞠絵が振り返り、亮一に話しかけた。

「せっかくの休みで、しかも梅雨の晴れ間だっていうのに、新婚の二人を引っ張り回して、とんでもない悪友だと思ってません？」

「いえ、このような機会をいただけてむしろありがたいです。お世話になっていると妻からうかがっていましたが、会社ではプライベートな話はできませんしね。鞠絵さんとはゆっくりお話ししてみたかったものですから」

ああ百点満点の答え。

「でも今って、一瞬でも離れていたくない時期でしょ？」

からかいをにじませた鞠絵に、亮一が平然と「はい、二十四時間一緒にいますね」と言ってのける。

見事に新婚の夫を演じている。偽装がばれる心配はなさそうだ。

「ひゃー熱い。脳みそが蒸発しそう」

鞠絵が顔を手で扇いだ。

今日の予想最高気温は三十度。今もじりじりと気温は上がり続けている。

「ほんと、暑いね。このまま夏になるのかなぁ」

「梅雨明け宣言はまだだね」

「でも晴れてよかった。そのスカート、新しく買ったんでしょう？　鞠絵ちゃんのために作られたみたいな服。すごく似合ってる」

張りのある青い生地のスカートを指して言うと、鞠絵は布地をつまみ上げて苦笑した。

「日奈が男だったら惚れてたかも」

「えっ」

「あたしもいい年だから、目が合って微笑んでくれたとか、服をほめられたくらいのことで惚れたりはしないけど、嘘やおべんちゃらを言わない誠実な相手から直球でほめられたら、くらっと来るよ」

「わたしだって、嘘くらいつくのに」

「いーや、日奈が正直者だってことはよーく知ってる」

「買いかぶりすぎだってば」

鞠絵は声を上げて笑うと、亮一に向き直る。

「日奈のどこに惚れたんですか？」

　亮一は即答した。

「一生懸命なところです。真面目でひたむきで、何事もがんばるところに惹かれました」

　こういう質問をされることも想定範囲内だったのか、すらすらと答える。日奈の何を知っているわけでもないのに、さすがに偽装結婚を引き受けるだけある。

「あー、わかります。わかるんだけど」と鞠絵が続ける。

「でもその答えってあれですよね、この子みたいなタイプだとちょっと危険。真に受けちゃうから。人間誰しもがんばれないときってあるし、いつも百パーセントの力を出す必要だってない。でも日奈は全力でがんばる自分だけを合格にして、そうでない自分は切り捨てちゃう。がんばれない自分は駄目だって」

「わたしそこまで真面目じゃないよ……」

「自分で自分を責めちゃう癖あるでしょうが。忘れたとは言わせないよ？」

　二人にしかわからないニュアンスでほのめかされ、日奈は言葉を呑み込む。

「まー、女性が強がったり、嘘をついたりしているのを見破るのは難しいかもしれないから、そこまで要求はしないけど。旦那さんにはとにかく、どんな日奈でも受け入れてほしいわけ。できます？」

「心得ました」

　短く答えた亮一の横顔を見上げる。未来永劫を誓ったわけでもないのに、きっぱりと迷いのない口ぶり。

鞠絵が両手を組んで空に上げた。

「昨日から、何を言おうか考えてて。披露宴だと、新婦の友人が新郎にリクエストを伝えたりするじゃない？　この子を幸せにしなかったら許さないよ、って。そういうのやってみたかったんだ。今の流れ、ちょっとそれに似てたよね」

「うん、お母さんっぽい」

「まぁ、涙を誘う感動の手紙とかは書けないけど」

偽物の新郎新婦でごめんね、と心の中で謝った。鞠絵にだけは本当のことを話したいと思うときもある。でもその度、敵をあざむくにはまず味方からという言葉が浮かぶ。

もし鞠絵に真実を話したなら、今度は鞠絵にも一緒に嘘の片棒を担いでもらわないといけなくなる。

もやもやと考えているうち、お参りの順番が来た。

「二礼二拍手でいいのかな」

「前のひとの真似すればいいんじゃない」

拝殿前の参拝客にならって手を合わせる。

(脅迫者が早くつかまりますように。刺されたりとか銃撃戦とか、怖いことになりませんように。仕事でミスしませんように)

縁結びとはほど遠い願い事をした。隣の鞠絵はずいぶん長く熱心に拝んでいた。

「よし、オッケー。あ、撮ってもらえます？」

鞠絵のスマートフォンで、亮一に撮影を頼む。

亮一は生真面目な顔つきで、鞠絵と日奈にスマートフォンを向ける。

「撮れました」

「次、亮一さんも撮りますね」

鞠絵が亮一を名前で呼んだとき、急に目の前が赤くなった。

それが怒りの感情だと自覚し、日奈は困惑した。

夫のことは十和田の名で呼んで、と頼んだなら、鞠絵は快く応じるだろう。大好きな鞠絵。彼女には何の他意もないのだ。むしろ日奈の夫である亮一を気遣ってくれているのだ。それなのに、どうしてこんなに苦しいんだろう。

「ほら、並んで。亮一さん、顔が硬いですよー。あ、日奈も。新婚さん笑って笑って～。一足す一は～？」

……二。

撮った写真を鞠絵がすぐ送ってくれたけれど、我ながらぎこちない笑顔だった。亮一は無表情。これが初めてのツーショット写真だなんてちょっと残念。

「お守り買いたいな。日奈も来る？」

「うん。亮一さんは待ってて。すぐそこだから」

「お気をつけて」

女性二人でお札お守り授与所に並んだ。人垣の後ろから背伸びして、展示されている見本に目を凝らす。

「いっぱいあるね」

「『幸せ叶守』って、素敵な名前」

「いいね、万能っぽくて」

話しているうちにさっきの怒りは消えて、平和が戻ってきた。

「そういえば、二人っていつも敬語で喋ってるの？　夫婦なのに、他人行儀」

「変？」

「変。すっごく」

「でも敬語以外で話したことがないし……亮一さんは年上だし……」

「いくつ上だっけ」

「六つ、あ、五つか」

「ふうん、そんなの誤差でしょ。ほぼ同世代。かしこまって喋ってるから、一回りも二回りも上なのかと思った」

「そんなおじさんに見える？」

「ごめん、冗談。でも上司じゃないんだし普通にすべきだと思うよ。早いとこ習慣にしないと、何年も経って変えるの大変だもん。夫婦の間でこういうものだ、っていうルールができちゃうとさ。うちの母親だってさ、正月は夫の実家に行って手伝うべきだっていうおかしなルール、撤廃するのに苦労して……」

愚痴る鞠絵はさも嫌そうな顔をしていた。母親の労苦を思い出したのだろう。母を亡くして十年近くになる日奈には、お手本とすべき夫婦の図がない。

「次の方、どうぞ」

視界が開けた。

清楚な巫女さんたちが、女性客の注文をひとつひとつ受けてくれる。

「『縁授守』って良縁のお守りですよね。お願いします。……日奈も買うの？　これ、縁結びのお守りだよ」

実は結婚は偽装で、いつか初恋のひとと出会いたい。そう言えたら楽になるのかもしれないけれど。

「ん、ちょっと頼まれてて」

「ふうん」

ごまかすついでに『幸せ叶守』も購入した。

「あ、万能系だね」

恋がしたいと堂々と言えない立場になったことが、少し悲しい。

幸せが叶うお守りと、縁結びのお守り。ふたつ持っていたらどちらの願いが優先されるのだろう。

鞠絵には言えない。本当は今でも、初恋のひとと運命的な再会を夢見ていること。奇跡は滅多に起こらないから奇跡だと知っているけれど、夢のような出会いがもしかしたら起こるかもしれないと。

でも、脅迫してきた犯人がつかまるまでは、亮一に守ってもらう必要がある。奇跡を思い描くよりも、現実に目を光らせなければいけないのだ。

「ねねね、聞いてもいい？　新婚夫婦ってお風呂に一緒に入るってほんと？」

「ううん。まさか」

「なーんだ都市伝説か」

まるで白木先輩みたい。鞠絵も先輩も、恋愛初心者というわけではないはずなのに、どうしてそんなことを知りたがるのかしら。

「入るのは別。昨日、お風呂で気分悪くなっちゃったんだけど、そしたら亮一さんが介抱してくれた。洗面所でね」

おおっそういうの待ってました、と鞠絵がぐいと顔を近づけてくる。

「のろけなら三分十円で聞くよ」

「普通は情報を提供した側が対価をもらえるんじゃないの？」

「いやー、しっかりしてますわね奥さん。悪徳商法にだまされずにしっかり家計を守る妻の鏡。……あ、あたし、願い串書いていい？」

「願い串？」

これ、と鞠絵が指した。木の札を買い求めて願い事を書き、箱に投入すると、宮司が後日祈祷してくれるらしい。

「絵馬だと他のひとに見られて恥ずかしいけど、これなら直接、神様だけに届くし。……で、どういうこと、介抱って?」

「貧血っぽくなっただけ。すぐに治った。あのひと、ちょっと過保護というか心配性なの」

「愛されてる証拠でしょ。ベタ惚れなんだよ、日奈に」

亮一が仕事熱心なのは認めるけれど、まさか愛なんて。おもちゃ扱いにペット扱い、こっちをからかうばかりなんだから。

日奈はふと、自分の脇をすり抜けていった何者かを目で追った。紺色のジャンパーを着た男。体勢を低くし、遠慮のない子どものような足取りで駆けてゆく。

「あっ」

右手に提げていた鞄が軽くなっている。中を見て、なくなったものに気づいた。盗られたのだ。

「お財布が……!」

犯人と思しき人影は、参拝客の向こうに消えた後だ。

日奈は亮一を探した。日奈を守ってくれるはずの、日奈が困ったときにはいつだって助けてくれるボディガード。今こそ飛ぶときでしょう?　華麗にお財布を取り返して、さぁどうぞ、と微笑んでくれないと。どうしてこんなときに、そばにいないの?

「……警備会社の……です。窃盗行為を……しました。警察を――……!」

人だかりの向こうから、切れ切れに聞こえてきた声があった。「警察に連絡!」「もうした！」と怒号が続く。

「え、どうしたの」

「スリが捕まったらしいよ」

鞠絵が日奈の腕をつかんだ。

「ねえ、旦那さんは？」

「わかんない……」

日奈はよろめくように足を踏み出し、人垣の間からその光景を目にした。

小柄な男が組み伏せられている。手は宙をつかむように伸ばされ、表情は観念したように見える。

石畳の上、男に馬乗りになっているのは亮一だった。片膝で男の動きを封じたまま、サングラス越しにこちらを見ている。静かなオーラを全身から発していた。決して逃しはしないと。

信じられない。日奈はかぶりを振った。

本当にこのひとは訓練されたプロフェッショナルなのだ。自分の身体を使って何かを為す。防御のために攻撃もする。

一見したところ相手は凶器を持っていないように見える。でも油断はできない。

周囲の野次馬もほとんどが女性で、亮一を加勢してくれそうな顔は見当たらない。

万一、男が亮一の制止を振り切って暴れ出したなら。男の反撃を亮一が抑えきれなかったら――。

お願い警察、早く来て。

数分がひどく長く思えた。

やがて制服姿の警官が三名駆けつけた。老人がまくしたてる。

「いやー、全部この黒服の兄ちゃんの功績よ。何しろ素早かった。もし仮にビデオを撮ってたとしても、黒い影がぴゅーんと跳んでくところしか映らなかっただろうね。気づいたときには犯人を、こうよ、ひねってえいっと」

警官たちに取り押さえられた犯人のポケットからは、日奈の財布と、他の誰か持ち主がわからない財布が見つかった。余罪もあるだろうとの見立てで、男は連行されていった。

それだけでは終わらず、日奈たちも近所の交番に寄るはめになった。

「ちょっと話を聞きたいんで、来てもらっていいかな？」

「はい」

大変なことになってしまった。

「面倒かけちゃってごめんね」

調書に協力した後、日奈は鞠絵に謝った。

「いいよいいよ。日奈の旦那がいかにハイスペックか証明してもらったし。かっこよかったね」

「わたしも初めて見たから驚いた」

目に焼きついている。男を組み伏せた亮一の、訓練された獣のような気迫。

警官に訊かれたことに淡々と答えた亮一は、今は後ろに控え、黙っている。

「頼れる旦那さんっていいね」

「うん」

ほめられて嬉しい。誇らしい。

「でも日奈、よく気づいたね、お財布盗られたって。一瞬だったでしょ？」

「今日はお賽銭出したりお守りを買ったりすると思って、小銭をたくさん入れてきたから重かったの。なのに急に軽くなったから」

「なるほどそういうことかー」

横断歩道の前で家族連れが信号を待っていた。平穏な日常の象徴のような光景だ。

三歳くらいの女の子が、左手を母親に右手を父親に預け、体操競技の吊り輪のような運動をしている。地面を蹴っては、宙に浮き、また地面に足を着く。重力からの解放がおもしろいのか、小さな身体は何度も同じ動きを繰り返した。

鞠絵が、ぷっと笑った。

「かわいい」

「うん。靴がちっちゃくておもちゃみたい」

「いつか日奈のところと、家族ぐるみのつき合いができたら嬉しいなぁ」

「家族ぐるみ？」

「そう、まずはあたしをとことん愛してくれる相手探しからだけどね」

　そんな未来が来るのかな。鞠絵との縁はずっと続く気がする。亮一とは……いつまで一緒にいるんだろう？


　二人でマンションに帰ってきてから、亮一の怪我に気づいた。右手の甲に擦り傷ができている。

「それってさっきの？」

　頭に血が上った。

「どうして言わなかったんですか！　あの場で申告していれば、スリ犯に賠償させることもできたのに！　あ、今からでも警察に連絡して、怪我したって言いましょう。責任取らせましょう」

　亮一は苦笑し、首を横に振った。

「大した怪我じゃありませんから」

「でも」

　あのスリにはもちろん、黙って済ませようとする亮一にも腹が立つ。けれど、何より許せないのは、亮一の怪我に気づかなかった鈍い自分だ。亮一は日奈のことをちゃんと見ていてくれたのに。

せめて手当てくらいはしたい。

薬箱……とつぶやいて、実家暮らしだった自分はそんなものを新居に持ってきていないと気づいた。絆創膏の一枚もない。

「あ、あのですね、薬とか包帯が見当たらなくて……」

「上から取ってきます」

立派な救急箱を抱え、ほどなく亮一は五階に戻ってきた。

「利き手が使えないのって不便ですよね」

「放っておいても治ります」

「そんなこと言って、破傷風になったらどうするんですか」

擦り傷の周囲に渇いた泥汚れがついている。どうやら細かい砂利も傷口に入っている。痛々しい。洗面所まで引っ張っていって傷口を洗い、消毒薬を吹きかけた。

亮一は大きな手を差し出し、おとなしくしている。顔をしかめているのは恥ずかしいからか、それとも傷が痛むためか。

昨日、湯あたりした日奈を亮一が介抱してくれたのと逆の立場だ。

主導権を握っているのがちょっと楽しくて、いろいろしたくなった。滅菌ガーゼをかぶせ、テープで固定する。しばらく水仕事はできないだろうし、知らないひとが見たら結構な大怪我だと思うに違いない。

「恐縮です。ありがとうございます」

「こちらこそ、お財布取り戻してくれて、ありがとうございました。本当に今年は、いろんなことがあって……スリに遭うなんて初めてです」

「あなたの手足として動けてよかったです」

「そういえば鞠絵ちゃんに言われました。どうして敬語で喋ってるの、夫婦なのに他人行儀だって」

「私たちが？」

「はい。亮一さんが年上だからって答えたんですけれど……」

「なるほど。でもそれだと私が日奈さんに敬語を使う理由の答えにはなりませんね」

「そうなんですよ。というわけで」

日奈は洗面台を背に、亮一に向き直った。

「やってみませんか？　普通に喋るのを」

「普通に」

亮一が繰り返す。

「年下のわたしがくだけた口調で話しかけたら嫌ですか？」

「その提案自体が丁寧口調だけど、大丈夫？」

「えっ」

「かしこまりすぎ。できんの？　俺にタメ口」

すこーんと現実の床が抜けたような気がした。洗面台にしがみつく。ひやりと冷たい。

夢じゃない。

俺？　俺って言った……？

「まぁいきなり遠慮取っ払って喋るのは無理か。敬語をやめるって一口に言っても、謙譲語に丁寧語に……日本語の難しさだな」

顔は同じ。服装だって変わっていない。ただ口調が違うだけで、まるっきり別人だった。

「びっくり……。今まで猫かぶってたの？」

「警護対象はお客様だからな。タメ口をきけと言うならそうするし、おネエ言葉で話せって言うなら従う。試しにおネエ言葉で話そうか？」

「えっ」

「あらぁ固まっちゃってどうしたの仔猫ちゃん？　震えてるわね、誰に意地悪されたのかしらぁ……ってな。お前のリクエスト次第」

突然の変化についていけない。リクエストしてないのにおネエサンプルまで披露してくださって、耳がお腹いっぱいというか、サービス過剰です。

「おい大丈夫か」

大きな手が目の前でひらめき、はっとした。

「あ、追加料金払った方がいい？　別人格の」

「は？　んなわけないだろが。つくづくお嬢様の発想だな」

「それなら、普通の……タメ口でお願いします」

「お前もな」

「あっそうだった」

お前と言われても、嫌な気はしない。むしろ嬉しいというか、ぎこちなかった会話がほんのり温かくなったような。

おそらく亮一は、「普通に喋ってみませんか」と日奈が提案したから応えているに過ぎない。クールな敬語、くだけたノリ、迫力あるおネエ様……どれが本当の亮一なんだろう。

素のままでいてほしい、と頼んだなら、見せてくれるのはどんな顔？

亮一が下唇を突き出し、ふう、と息を吐いた。前髪があおられて揺れる。

「箱入りお嬢様だもんな。男友達と対等に口きいた経験もないだろ？」

「そんなことない」

会社には男性社員が大勢いる。友達、ではないけれど。

「遊んでたようには見えないけどな」

「遊んだことくらいあるもん」

「それはそれは」

二十年前に一度会ったきりの男の子。

詳しく突っ込まれたら困るので、亮一が受け流してくれてよかった。

「鞠絵ちゃんに怪しまれないように、これからは普通の新婚カップルっぽく話そうね」

「疲れない程度にな。ギブアップ宣言はいつでも受けつける」

サングラスの奥の目は相変わらず見えない。でもおもしろそうに細められている気がした。


夕食は日奈が作ることになった。髪を低めのサイドポニーにまとめ、エプロンをつける。

しばらくすると亮一が五階に下りてきた。小さな変化、いや違う、大きな変化だ。黒スーツではなく、Tシャツにスウェット姿だなんて。どうしちゃったんだろう。直視できずに、料理の合間にちらちらと見てしまう。

「お腹空いた？　まだかかりそうなんだけど……」

「ゆっくりやっていい」

「そう言われても焦る……」

女子校での調理実習のときには、自他ともに認める料理上手な子が率先して難しい部分を引き受けてくれた。その他大勢は、日頃の家事を母親やお手伝いさんがやってくれるタイプで、洗い物だとか、盛りつけだとか、指示された簡単な作業を担うだけだった。

スマートフォンで検索したレシピサイトを参考に進めているけれど、失敗したらどうしよう。

「俺、こっちで休んでるから。できたら呼んで」

亮一はソファに腰を下ろした。

テレビもオーディオ機器もないのに、どうやって時間をつぶすつもりかと思ったら、本を読み始めたようだ。相変わらずサングラスをかけたまま。

豚肉をレンジで解凍し、味噌をつけて焼いた。お味噌汁の具はなめこと玉葱。レタスとパプリカのサラダ。しらす干しを入れた卵焼きには大根おろしを添えた。身体が資本の亮一のために、たんぱく質多めの献立にしたつもりだ。

「お待たせしました。お口に合うといいんですけど」

「また敬語?」

「うぅ……」

亮一は読みかけの本を持ってきて、テーブルの端に置いた。緑色の表紙に黒い文字でタイトルのアルファベットが並ぶ洋書だ。本当にアメリカで暮らしていたんだなぁ。何を読んでいるのか尋ねようかと思ったけれど、聞いてもきっとわからないだろう。

日奈はあまり英語が得意ではない。小さい頃から海外旅行には連れていかれたものの、周りの大人が先回りして世話してくれたため、自分でどうにかしなければいけない状況になったことがないのだ。

亮一には何から何まで負けている。特殊技能もなければ、基礎体力も語学も駄目。わたし何にもできないな、と落ち込みそうになる。せめて料理はがんばろう。掃除とか洗濯も。

「うまそう。いただきます」

いざ食べようとした亮一は手指を動かしづらいようだった。

日奈はサラダを取り、亮一の口元へ近づけた。

「口開けて」

「そんなことしなくていい」

「どうして」

「左手は使える」

「時間かかっちゃうでしょ。せっかく作ったんだもの、ちゃんと食べてほしい」

「俺は俺のペースで食いたい」

「ここでの初日、わたしに食べさせてくれたのはどなたでしたっけ？」

「……」

「今日の料理担当はわたしなんだから、わたしに従って」

「仕方ねーな」

亮一が唇を開く。一口分を運ぶと、静かに咀嚼し始める。

「どう？」

「うまい」

顔が赤い。もしかして照れているのだろうか。

「よかった。あの、お財布のこと、本当にありがとう」

「ん、お礼なら何度も聞いたぞ」

「実はあれ母のお古のお財布なの」

「そうか」

　やがて亮一は躊躇なく口を開けてくれるようになった。

　ご飯とおかずを交互に運ぶ。お味噌汁だけは亮一自身が左手でお椀をつかんで飲んだ。手が大きいから、片手でも安定感がある。

　調子よく食べさせていたら、「ストップ」と亮一が言った。

「……どうしたの？」

「俺ばっか食べてたら、お前が食べられないだろ」

「忘れてた」

「おいおい。冷める前にちゃんと食べろよ」

「うん。新婚カップルってこういう感じかな？」

「どこから仕入れてきた情報だよ……テレビ見ないくせに」

「自然に何となく。漫画かなぁ」

　鞠絵に見られたら、熱々すぎて味噌汁が蒸発するだの、ねぎが焦げるだのと言われそうだ。

「お前って、箸の持ち方が綺麗だな」

「え、そう？」

「そういうところいいと思う」

「……ありがとう」

箸の使い方をほめられただけなのに、なぜか顔が火照る。

――嘘やおべんちゃらを言わない誠実な相手から直球でほめられたら、くらっと来るよ。

昼間、鞠絵が話していたのは、こういう意味なのかな。くらっ、じゃなくて、ぼわっ、て感じ。

亮一は仕事柄、嘘や秘密が得意で、おべんちゃらなんて寝言で言えるに違いないけれど、それでも今の言葉はまっすぐだった。まっすぐ投げてきたから、まともに当たってしまった。心がじんじんする。


食後のデザートは、ヨーグルトにジャムを載せて出した。亮一の好みで買ったブルーベリー入りなめらかタイプ。

亮一は左手でスプーンを持ち、一口、二口と食べ進めている。利き手じゃないと扱えないのは箸くらいで、スプーンやフォークなら不便なく使えそうだ。

「お飲み物はお紅茶でいい？」

「任せる」

丁寧に紅茶を淹れた。見た目と違って甘党な亮一のために、シュガートングで角砂糖を取り、ふたつカップに沈める。

「熱いから気をつけて」

そう言ったのに、亮一はすぐに紅茶をすすり、顔をしかめた。

「猫舌なんだから……。お水いる？」

「……いや、いい」

「今度からは、冷ましてから出すね」

「よしてくれ。冷めたコーヒーや紅茶なんて飲む気がしない」

「わがまま。子どもみたい」

「子どもはそもそもコーヒーを飲まないだろう」

むきになるところがかわいい。漏れる笑いをこられきれない。

「まぁ、そうね。わたしも社会人になってからようやく飲めるようになったわけだし」

亮一は何かを考え込むように、顎に手を当てた。そのままテーブルに肘をつき、遠い目を——サングラスで隠れていても何となくわかる——した。

「ずっと前、好きだって言われてつき合った女性がいた」

「えっ、そ、それってわたしが聞いていい、の……？」

思わず言葉に詰まった。

過去の恋愛談が亮一の口から語られるなんて予想もしていなかった。もちろん日奈も初恋の少年のことは亮一には話していないし、話す気もない。

「お前が聞きたくないならやめる」

「ううん、聞きたい。ずっと前ってどのくらい？」

「中学の頃」

「それは確かにずいぶん昔ね」

「そうだな。相手をよく知らないままつき合い始めて、彼女の家に行ったとき、確か親御さんが用意してくれたんだったと思うけど、ヨーグルトが出てきた。ちょうどこれと同じようにジャムがかかってた」

「それから?」

「それだけ。その後、別れた」

「……他に印象に残ってる思い出はないの?」

「俺からアプローチしたわけじゃない。向こうは積極的だったけど、つき合ったと言っても、学校から一緒に帰った程度で、何もしてない」

「向こうが積極的だったなんて、相手のことをそんな風に言うのもなんだか複雑。どうしてそんな話……」

「どうしてだろうな」

訊ねた日奈よりももっと途方に暮れた声で亮一がつぶやく。

「気分を悪くさせて悪かった」

「ううん」

亮一の過去を真っ白に書き換えたい。誰かを好きになった記憶も、誰かに好かれた記憶も、全てのできごとをなかったことにして、忘れさせたい。亮一にとって、生まれて初めてつき合う相手が日奈ならばいいのにと思う。三十路の男をつかまえてそんな現実味のないリクエストはできないけれど。

沈黙が落ちる。

何を言えばいいかわからなくなった。このまま黙っていたら、亮一はきっと日奈が怒っていると思うだろう。別に怒っていない。でも誰かと比べられるのは嫌だ。

テーブルの一点を見つめていると、冷房の音だけが部屋に満ちる。もう空になったカップを最後の一滴まで飲み干すように傾けた。亮一もとっくに飲み終わり、あさっての方向を見ている。

何か話そう。楽しいこと。

「あの」

「そういえば」

口を開いたのは二人同時だった。顔を見合わせる。

「亮一さんどうぞ」

「いや、お前が」

亮一の「譲る」気迫がすごくて、日奈は先に口を開く。

「今日買ってきたものがあるんです」

床に置いておいた鞄から、神宮で購入したお守りを取り出した。

『縁授守』と『幸せ叶守』、それぞれひとつ。

亮一の左手に『幸せ叶守』を押しつけた。

「かわいい見た目だから恥ずかしいかもしれませんけど、こっそり使ってもらえれば嬉しいです」

亮一は興味深そうにお守りの紐部分を持ってゆらゆらと揺らした。お守りについた鈴が澄んだ音で鳴った。

「ありがとう」

「いえ、どういたしまして」

「で、また敬語になってるのはどうして？」

「え……」

「簡単には心許してくれないか」

亮一が立ち上がり、ヨーグルトの器を下げた後、ソファで読書を再開する。

日奈は遅れて台所に立った。指輪を外してカウンターに置き、使ったお皿を食洗機にセットする。

ふと気づけば亮一の姿がなかった。六階に戻ったのだろうか、でも足音が聞こえなかったな、とまばたきをすると、すぐ後ろに気配を感じた。

「び、びっくりした。いつの間に……」

「ぼーっとしてたな」

亮一は左手にヤカンを持っている。スリッパ履きだとヒールの助けもないから、亮一の身体をとても大きく感じる。

「お湯沸かす？」

「ああ」

シンクに向かって二人並ぶ。腕と腕が触れて、どきっとした。

亮一はボディガードとしてプロ中のプロだ。今日の一件で確信を強めた。何があっても必ず守ってくれるから、信じて委ねればいい。

でも今は、家の中では――こんなに近くにいると思うだけで、薄い酸素を奪い合うみたいに胸が苦しくなる。前はこんな風ではなかったはず。どうして変わってしまったんだろう。普通の夫婦っぽくしてみると決めたから？　それとも、亮一が箸の使い方をほめてくれたから？　唐突に昔の彼女の話なんてするから？

もしかして自分は亮一を好きになりかけているのだろうか……。

わからない、というか考えたくない。

カウンターに置いた結婚偽装指輪は蛍光灯に照らされ、まばゆい光を放っている。

やかんのふたがかたかた鳴り始めた。火を止め、ティーポットに注ぐ。ティータイムの続きは二人とも無言だった。


浅い夢を見た気がする。でも携帯のアラームで目覚めたとき、見ていたはずの夢の世界は霧が晴れるように消え去ってしまった。

日曜日。平日より三十分早い時刻。カーテンを開けたいけれど、防犯上よろしくないという理由で閉めたままだ。

ベッドから下りて、エアコンをつける。昨日の疲れは残っていない。

カットソー生地のワンピースに着替えて、一合のお米を炊飯器にセットした後、六階に上がった。亮一は眠っているようだ。起こすのも気が引けたので、黙って洗面所へ向かった。

亮一の洗濯機は乾燥機能がついていないタイプで、洗いが終わった後、干す作業が必要になる。二十五分後、洗い上がる頃にもう一度来ることにして下へ降りた。

ピーマンを炒めてごま油で香りをつける。空いたフライパンで卵焼きを作る。うん、上出来。なめこと豆腐のお味噌汁ができたところで、時間になった。六階に向かう。

洗濯槽内でくちゃっとよれた衣類を見て、少しひるんだ。男性物の下着に触った経験なんてない。

どうしよう。たとえばゴのつく生き物なんかとは違うし、動くものじゃないとわかっている。なのに触れるのが怖い。おそるおそる指の先でつまんでピンチに干していると、亮一が起きてきた。

「……どうした？」

「まだ休んでてもらおうと思ったんだけど、うるさかった？」

「いや。今日休みだよな？」

「うん」

わしゃわしゃと頭をかいた亮一は色の薄いサングラスをかけている。仕事モードじゃないってことかしら。亮一も亮一なりにこの同居生活に緊張していて、ようやく少し慣れてきたのかもしれない。

レンズ越しに見える目は二重まぶたで優しそうだ。顔の他のパーツは薄く尖った感じなのに、全体的には滑らかで甘い印象になる。顔をかしげると、さらに。

「ここ六階だよな？」

「うん。そうだけど」

「なんでお前がいるんだっけ」

「その手じゃ洗濯物干しづらいだろうと思って。当面、家事は全部わたしがやる」

「一日や二日溜めたって大したことないし。食事作ってくれるだけで充分だよ」

「でももう回しちゃったから。干さないと」

亮一が日奈の手首をつかんだ。怪我をしていない方の左手で、利き手ではないのに、びっくりするほど力は強い。

「何？」

「細い。……冷たい」

「離して。洗濯物、しわになっちゃう」

亮一の手がゆるんだ。日奈は再び洗濯物を拾い上げ、しわを伸ばして干す。

洗面台の鏡に向かって髭を剃り始めた亮一を、日奈は横目でうかがう。

いかにも新婚カップルの日常だ。洗濯物を干す妻の隣で、夫が身支度を整えている。誰が見ても、二人の関係を疑いはしないだろう。

サングラスをかけたまま口の周りをゆすいだ亮一が言った。

「本当は水回りの設備も冷暖房も、二人で共有した方が安上がりだろうな。今は夏だからシャワーでいいけど、風呂代とか、エアコン代とか」

「亮一さんがそういうコスト意識を持ってるとは思わなかった」

「湯水のようにお金を使える生活なんて精神によくないだろ。こんな立派な部屋に住まわせてもらって都合いいこと言ってんなよ、って話だけど」

家賃や生活費を気にしなくていいのは、日奈の父親のおかげだ。

「……社宅だと思えばいいんじゃない？　建物はひとつだけど、部屋は別」

亮一は答えず、片頬だけで笑った。納得しているのか、していないのか。

「十五分くらいしたら下りてきて。朝ご飯にするから」

「了解」

五階に下り、お味噌汁を温め直した。

朝から和食を出したのは初めてで、亮一は喜んでくれた。パンやシリアルよりも、焼き魚とお味噌汁といった旅館のようなご飯が好みらしい。

「炊飯器はタイマーでセットしておけばいいけど、平日はおかず作る時間厳しいかも……」

「無理しなくていいぞ。あくまでこっちの方が好きなだけで、パンケーキでもシュークリームでも俺は構わない」

さすがにそれは胸焼けしそうだ。子育てしながら働いている先輩たちはすごいとつくづく思った。独身の同僚でも、自前でお弁当を作ってくる子もいる。きっと日奈とは比べものにならないくらい働き者で手際がいいのだろう。

「週末の朝はなるべく和食にするね」

「ありがとう」

そんなやり取りを経て、朝食の片づけの後は掃除に取りかかる。

家事には、ここまでやれば完了というはっきりしたゴールがない。食事の品数、掃除をどこまでやるか。手を抜くこともできる代わりに、こだわればどこまでも手を入れることができる。

もし一人暮らしだったならば、真面目に栄養バランスを考えたりしないし、アイロン待ちの衣類が山積みになっていても気にしないだろう。

二人で暮らしているからだ。

亮一がいるから、亮一の目があるから、ちゃんとしなきゃと思う。

この暮らしに慣れてしまったら、終わった後で気が抜けてさびしくなるかも。

五階と六階をつなぐ階段を一段一段、雑巾で磨いていたら、あきれたような声が降ってきた。

「本当に真面目だなぁ、日奈は」

「……え？」

思わず聞き返してしまった。

空耳ではない。確かに「日奈」って。「お前」と呼ぶときよりも優しげな声が耳に残った。

「力みすぎ。肩の力抜けよ」

亮一は日奈の近くまで降りてきたかと思うと、子どもが電車ごっこをするときのように、後ろにぴったり身体を寄せる。

「そのままそのまま。暴れるなよ」

日奈の肩に手を載せ、そのまま揉んでくれる。

「ごりごり。毎日がんばってる証拠だな」

強めの力加減につかの間、身を任せた。

「痛くないか？」

「痛くない……気持ちいい」

亮一の触れ方に性的な気配は感じないけれど、そもそも成人男女はよほど親しくならない限りスキンシップに至らないと思う。アメリカ暮らしだと珍しくもないの？　肩揉みという習慣は日本以外にもあるのかしら？

そういえばエステやマッサージにずいぶん行っていない。入社して間もない頃は毎週のように通わないと、身体が持たなかった。きっと力が入りすぎていたのだろう。

首から肩、充分ほぐされたところで、はっと気づく。

「亮一さん、手……！」

「ああ、まともに動いてるだろ？」

「ごめんね、わたしすっかり忘れてて」

「かすり傷だったし、もう何ともない。ガーゼも外れかけてる」

「見せて」

昨日貼った滅菌ガーゼをおそるおそるめくると、点々と筋を描くような薄い皮膚ができていた。傷口はふさがっている。

「よくなってる。でもまだ痛々しい」

「後は放っておいても治る」

「もっと自分の身体をいたわってほしいな。怪我だけじゃなくて風邪引いたり、休みたくなったら、ちゃんと教えてね」

日奈がそう言ったところで、亮一は相談などしてこないだろうと思う。弱みを見せないひとだから。

それでも言葉にしておきたかった。毎日がんばってる、と日奈をほめてくれた亮一だけど、亮一にこそ、これ以上無理をしてほしくない。

「掃除が終わったらどうするつもりだ？」

「特に考えてないけど……」

「提案がある」

「何？」

「デートしようか」

予想していなかった提案に、数秒遅れて身体が反応した。赤面という形で。

頬から耳まで熱くなり、脈が大きく打ち始める。

デート。デートっていわゆる、一緒に出かけることですよね？　つき合っていない関係でも、二人で外出するならデートと呼んでいいの？

「天気もいいし、ぶらっと歩いて軽く食べて帰ってくる。悪くないだろ？」

想像してみた。食事とお散歩、亮一といるならどこへ行くのも安心だし、きっと楽しい。

いつも日奈の用事につき合ってばかりの亮一が、初めて自分から希望したプランは、なんだかとても素敵で、ああこのひともてるんだろうなと思った。

「夕食までには帰ってこよう。あ、日差しが強いから紫外線対策ちゃんとしろよ」

「亮一さんみたいなサングラスかけようかな」

「……似合わないからやめとけ」

「冗談で言ったのに」

身支度をして十分後に集合した。

亮一は黒いスーツではなく、カーキ色のTシャツに薄手のジャケットを羽織り、ボトムにデニムを合わせていた。足元はＮＩＫＥ。サイズはいくつだろう、二十七、あるいは八、見当がつかない。鞄を持たない派なのはもう知っている。両手を空けておきたいからだということも。

「そういう格好もするんだ……」

「夫婦としてデートするんだから、硬すぎるのもあれだろ」

ただのデートじゃなくて、夫婦としてのデートって、また難易度が上がった？

日奈の服装は通勤時と変わらない。袖がメッシュ生地に切り替わった白いカットソーに、黄色いスカートというコーディネイト。カジュアルファッションはあまり得意ではない。

「歩きやすい靴にしろよ」

「わかった」

パンプスではなく、ヒールの低いフェラガモのサンダルにした。

玄関横のシューズクローゼットに収められた日奈の靴を見て、「すげえな」と亮一がつぶやいた。

「毎日違う靴履いても、二ヶ月はかかるんじゃないか」

「その季節にしか履けないものもあるから、どうしても多くなっちゃう。でも六十足はないと思う」

「夏でも冬でも男は楽だな、その点」

「メンズのブーツもあると思うけど」

「うーん」

どうやらそこまでおしゃれに興味はないらしい。

目的地を定めないまま出発した。

長々と降り続いていた雨が地面から蒸発するのを肌で感じられるような気候だった。

空を仰ぐのも躊躇するほどまぶしい。日傘を差して光を遮る。傘の縁の部分が亮一に当たるのを避けるため、必然的に離れて歩くことになる。

「暑いね」

「梅雨明け宣言出たしな」

高架下に新しくできた雑貨店をのぞいた。亮一がすぐに飽きてしまったのは計算外で、どこか行きたい場所があるかと尋ねると、「本を探したい」と答えた。

「じゃ、本屋さんね。大きいのが代官山にあったよね」

「歩けるか？」

「一駅でしょ？　余裕」

「よし言ったな。へばるなよ」

へばるってどういう意味？　と思っていたら、道が上り坂になった。なるほどそういうこと。

　歩きに意識を集中すると苦しくなるので、気をそらすために話しかける。

「英語の本、読んでたよね、昨日」

「ああ」

「すごいね」

「お前、英語駄目なの？」

「駄目っていうか、全然大したことない、英検二級。それも昔取った杵柄(きねづか)だし、本なんて読めないと思う」

「教科書もペーパーバックもそんなに変わらないだろ」

「変わるよ。全然違う」

「日本語の本なら？」

「えっと……仕事で目が疲れちゃうから、あんまり……」

　読書から遠ざかっている後ろめたさが、日奈の口を重くさせる。

「本屋さんに寄っても、何を読んだらいいか選べなくて。おもしろい本があったら教えて」

「難しいな。自分がいいと思っても、同じように思ってくれるかわからないし。そんなに多読な方でもないしなあ」

「それでも。亮一さんが今まで出合った中で心に残ってる本」

「いきなり言われても出てこないよ」

坂を上りきったと思ったら、次は歩道橋の階段を上る。

「ちょっと待って。休憩」

足を止めた途端、汗が噴き出す。呼吸を整えていると、歩道橋の向こうからカップルが歩いてきた。肩と肩をぶつけ、暑さをものともせずじゃれ合っている。

日傘を傾けて道を譲り、駆け足に近い速足で消える背中を見送った。

「元気だな」

「学生さんだね」

もし仮に亮一と年が同じだったとしても、学生時代に知り合うことはなかったと思う。全然違う世界で育ってきた二人が今、同じ家に暮らし、夫婦のふりをしているのは不思議だ。

「小さい頃、寝る前に親が本を読み聞かせてくれてさ」

「うん」

「『ベッドタイムストーリーズ』ってタイトル。翻訳物だったな。文字が読めるようになるより先に、本のおもしろさを植えつけられた」

「どんなお話？」

「憶えてない」

「でもおもしろかった？」

「ああ。毎晩楽しみだった」

「お店にあるかな？」

「あるんじゃないか」

「探してみよう。亮一さんの思い出の一冊」

目的の書店に着き、涼しさにほっとひと息つきながら児童書のコーナーに向かった。カラフルな大型絵本に目を奪われる。亮一が笑った。

「読書の習慣がないなら、絵本から始めてみるのもいいかもな」

「馬鹿にしてる。ひどい」

唇を尖らせて文句を言うと、亮一はますます笑う。

「亮一さんの思い出の本はあった？」

「似たようなのは何冊かあったけど、さすがに絶版かな」

「そっかぁ、残念。店員さんに聞いてみる？」

「いや、いい」

視線を泳がせると、一冊の絵本が目を引いた。『はらぺこあおむし』。

思わず手に取ると、亮一がうなずいた。

「名作だよな。色彩が綺麗で」

「読んだことないかも……」

「どこかの企業のプロモーションにも使われてたっけな」

「それで見たことあるのかなぁ。わたし絵本に親しんだ思い出がないし」

日奈が図書館や書店になじみがないのは、養育係が読書家じゃなかったからだと思っている。

初めて見る心づもりでページをめくったら、ぶわっとあふれるように記憶がよみがえった。母の膝の上に座り、あおむしの日々の食事に目をみはったこと。

「これ知ってる……母が読んでくれたんだ……」

「あったじゃん、思い出」

「うん」

「よかったな」

「でも、食べ過ぎないようにって教訓が植えつけられたみたい」

「それがお前の少食の原点か」

「多分そう」

どんなにカラフルでおいしそうでも、食欲のままに食べたらお腹が痛くなってしまう……幼かった自分は母の朗読を聞きながら、苦しむあおむしに心を痛め、あおむしと共におびえ、思いがけない展開に驚いたのだ。

母が残してくれたものが、ちゃんと日奈の中にあった。普段は忘れていても、心の奥底に大切に眠っていた記憶は温かい。

もし自分に子どもができたら——と一瞬考えて、すぐに打ち消す。さすがに飛躍しすぎだ。妄想を戒めて、亮一の意見を訊ねる。

「これ買おうかな。部屋に飾ったらアクセントになるよね」

「ああ、いいと思う」

思い出の絵本、購入決定。かごに入れ、店内を二人で回った。

亮一が興味を示す対象と、日奈が心惹かれるものは違う。自分が目も留めなかった本を亮一が手に取り、のぞいてみると、意外におもしろかったり心浮き立つ写真が載っていたりする。

インテリアにふさわしい綺麗な装丁の本を含め、十冊以上購入した。かなりの重さだ。

「貸しな」

「ううん、いざというときのために、亮一さんの手は空けておかなきゃいけないでしょ？」

「いや、防御にも使える」

真顔で答える。どうやら本を盾にして不審者と戦うつもりらしい。見てみたいような、見ない方がいいような。

書店を出た後、アジアンテイストのあふれるレストランで、パパイヤのサラダから始まるコースを食べた。

「昼間からのビールって最高！」

「飲み過ぎるなよ」

「……亮一さんも飲みたくなってこない？　わたしのお代わりの分と合わせて頼む？」

「いや」

日奈は亮一と一緒に飲みたかった。二人でグラスを合わせ、「乾杯」と言いたかった。でも亮一は頑なにノンアルコールを貫いた。その理由が「俺が誰から給料をもらってるか知ってるか?」なのだから。今頃は父だっていい気分で酔っ払っているかもしれないのに。

料理は本格的で舌がぴりぴりする。でも夏にはぴったりな辛さで、ビールも進む。汗まみれになってハンカチで顔をぬぐいながらも、亮一はサングラスを外さない。本当に頑固だ。

テーブルの上の料理が減ってきたので、「何か頼む?」とメニューを渡す。亮一は視線を落とした後、顔を上げてじっと日奈を見た。

「お前、外だとよく食うな。俺の料理が下手なのかって、ちょっとへこむわ」

「亮一さんの料理もおいしいよ」

「も?」

「上手だし、手際いいし」

「そりゃ年季が違う。大学のときからだから……うん、自炊するようになってかれこれ十年か」

いつになったら追いつけるんだろう。未熟な自分がもどかしい。

普段はお酒を飲むと楽しくなるのに、なぜか気分が落ち込んだ。

「なんかわたしって、こんなに平和な日本でスリに遭うし、情けない、もっと強くなりたい」

「強くなってどーすんだ」

「自分の身は自分で守る。他の子が狙われてたらすかさず現れてやっつけるくらいのスーパーウーマンになりたい」

「俺のいる意味がなくなる」

「……亮一さんは別のひとを守ればいいじゃない」

「馬鹿だな」

日奈は二、三度まばたきをした。

「馬鹿？　わたし、誰かに馬鹿って言われたの初めて……」

亮一は苦い顔をして、ジャスミン茶の入ったコップを握り締めた。

「おい……冗談だぞ？　父上に言うなよ」

「どうしようかなぁ」

「警護対象とこんな風に喋ってること自体、ありえないんだからな」

「わかってる」

「本当にわかってるか？　酒飲んだときのお前信用ならないからな……。ビールはもうそのへんにしとけ」

「えー、もう一杯だけ。あ、そういえば、こういう木目調のスプーン、亮一さんも持ってるよね。わたしも欲しいんだ。どこで買ったの？」

「ん……どこかのホームセンターだったかな」

「お料理によって、ステンレスじゃなくて木の茶色いスプーンで食べたいときがある」

「ああ、わかる。口当たりが柔らかくなる感じするよな。食洗機もＯＫで使い勝手いいんだよ」

「今度探してみよう」

　少しずつ食器やキッチン雑貨をそろえると、未来に向かっている気がする。待ち遠しい何かがあるわけではないけれど、次の季節が来る頃にはどんな自分になっているのか楽しみだ。

　お腹がたぷたぷになるくらい飲み食いをして、支払いは亮一が持った。亮一が選んだ本も日奈がまとめて購入した分、その返礼らしい。

　亮一がお札を出したとき、財布の中に、東京大神宮で求めたお守りを見つけた。

　大事にしてくれてるんだと思うと嬉しい。日奈の視線に気づいた亮一が唇をゆるめた。

「金運が上がりそうだろ?」

「亮一さんの幸せってお金?」

「簡単には答えにくい質問だな。どれだけ持ってても満足できなければ不幸だし、世間から見て少なくても当人が満たされてれば幸せだろう」

　それで亮一さんはどっちなの、幸せなの不幸なのと訊ねるほど無遠慮にはなれない。

　このデートの最中、何度も見せてくれた楽しそうな笑顔を思い出し、きっと幸せだと信じるだけ。

「帰りはタクシーだな」

「えー、歩けるよ」

「無理するな。途中で歩けなくなったらどうなる」

「そのときは亮一さんが抱えてくれるんだよね」

「本を抱えたお前ごとな」

果たしてそんな羽目には陥らなかったけれど、往復の徒歩で汗をかき、いい運動になった。

月曜日、着ていく服をなかなか決められなかったせいで、マンションを出るのが遅くなった。亮一はあくまで交通法を守った上で飛ばしてくれたけれど、会社近くまで来て渋滞にはまった。

「事故かな……工事ってこともないだろうし」

信号はとっくに青になっているはずなのに、車列は進まない。脇道に抜けることもできない。このままでは遅刻してしまう。

「ここで降りて歩く」

「駄目だ」

亮一は前方を凝視している。

「やっぱり事故だな……」

「うん、動かないもん。じゃ、行ってきます。ありがとう」

「こら、降りていいなんて言ってない」

「すぐだもの。ほんの百メートルくらいでしょ」

「百メートルだろうが十メートルだろうが、一人で歩かせるわけにはいかねーんだよ」

「そのくらいの融通利かせてよ。ね、降りるから、わたし」

シートベルトを外し、ドアを開けた。亮一がまだ何か喋っていたけれど、始業時刻の方が気になっていたので、振り返らずに走り出す。

アスファルトの上をパンプスで走る。相変わらず動かない車を横目に、朝の街に靴音を響かせる。ほら、一人でも平気。

きゅいん、と耳障りな音が近づいてきたのは、会社の敷地に入る手前で――。

反射的に避けた日奈のすぐ横をバイクが走り抜けていった。

周りには、日奈の他にも出勤してきた社員たちがいて、何あれ、危なーい、と口々に言った。非常識だよね、歩道なのに。

――もしかして。

走り去ったかと思いきや、バイクはUターンして戻ってくる。まっすぐ、日奈のいる方に向かって。

バイクの種類には疎い日奈でも、その重量が相当なものだというのはわかる。乗っているのは男だ。亮一ほどではないが体格もよく、小太りな男。ヘルメットをつけていて顔は判別できない。

追ってくる。信じられない。夢なら覚めてほしい。

このままだと轢かれる。

ここで死ぬのかと思うと、おかしなことだけれど、この格好でよかったかしらと身につけている服が気になった。

血がいっぱい出るのかな。痛いのは嫌だな……。

ほんの一瞬のうちにさまざまな考えが浮かび、それでも足は一歩も動かなくてもどかしい。目を閉じることもできず、悲鳴すら出ない。

伏せろ！　と鋭い声に反射して身を屈めた。

黒く大きな何かが視界を横切ったかと思うと、派手な音を立ててバイクが倒れた。日奈は思わず目を閉じたが、まぶたの裏が赤くなり、火花が散ったように見えた。

そっと目を開けると、地面に転がる亮一が見えた。背を丸めて動かない。身体を張ってバイクを止めたのだとわかった。

「……やだ……！」

駆け寄ろうとした日奈は、バイクの男がゆらりと立ち上がったのを見てひるんだ。

亮一は素早かった。駆け寄り、日奈を背中にかばって叫んだ。

「近づくな！」

日奈は亮一の背中越しに、男の挙動をうかがった。横転したバイクを起こし、座席にまたがる。右足を痛めたようで、車体をふらふらさせている。

集まりかけた野次馬を避け、男は駅の方角へ走り去った。亮一は追わなかった。

「怪我はありませんか」

「亮一さんこそ、救急車呼ばなくて大丈夫ですか」

「私は不死身ですので」

亮一は左右の腕を大きく振った。

「私をはねるほどの覚悟はなかったということですね」

「何言ってるんですか……」

よかったという安堵と、びっくりさせないでという怒りが混ざって、亮一をにらむことしかできない。

ひとつ間違えたら大怪我していたに違いない。どんなに亮一が鍛えていても生身の人間だ。バイクに体当たりして無事でいられるはずがない。

「仕事には間に合いますか」

「それどころじゃ」

「こちらは私が対応しておきます。どうぞご自身のお仕事に行かれてください」

そう言われても、気持ちを切り替えられない。自分ができること、自分がすべきことは

まだある。

日奈は散らばりかけた野次馬に向かって声を張った。

「先ほどの、写真に撮った方いらっしゃいませんか？　バイクが少しでも写っていたら見せてもらえませんか」

野次馬の多くは困惑したように身をひるがえし、その場を離れていく。流血するような騒ぎにはならなかったし、なんとなく足を止めて見ていただけなのだろう。

最近は、いわゆる歩きスマホじゃなくても、何かあればすぐに端末を取り出す習慣のあるひとが多い。

季節ごとに咲き誇る花や綺麗な空、有名人に出くわしたらもちろんのこと、何か異変に気づけばすぐにカメラ機能で撮影する。

出勤時間帯の路上でバイクが暴走してきたのだ。証拠に収めてくれているひとが必ずいる、と期待した。

一人の男性が遠慮がちにスマートフォンを掲げた。

「あの、これ、そんなにうまく撮れてはいないけど」

日奈は写真を確認し、充分ですありがとうございます、と頭を下げた。

「この画像、お譲りいただいてもよろしいですか？」

「かまわないけど」

横転したバイクとライダー、そして亮一、すべてが画面に収まっている。有力な証拠になるだろう。

亮一を振り返り、ほらね、と得意な顔をして見せる。

警察から連絡が来たのは、それから二週間が過ぎ、夏に突入した東京が連続真夏日の記録を伸ばしている平日のことだった。

見覚えのない番号の着信記録があり、仕事の定時を待って亮一に見せると、

「末尾が0110だから、警察だな」

「そうなの？」

再び同じ番号からかかってきたとき、ちょうど亮一が車のエンジンをかけた。そのせいで相手の名前は聞き取れなかったけれど、女性の声であることは確かだった。用件を尋ねる。

『被疑者について有力な情報が得られました』

「被疑者……ですか」

説明に耳を傾ける。電話の相手は警察署員で、脅迫状を送ってきた人物の身柄を確保したとのことだった。

突然の進展だ。実家に近い成城署に相談してから今日まで、何の連絡もなかったのに。

少し前に会社の前でバイクに轢かれそうになった件はその後、亮一に任せてあった。亮

一の所属する警備会社で調査を行っていると聞いている。果たして、バイクで日奈を狙ってきたあの男は、脅迫者と関係があったのかなかったのか。

『詳しくはお伺いしてお話しします。本日はご自宅にお戻りになりますか？』

「わたし引っ越したんです。あの家では怖いので」

『存じております。私ともう一人男性がお伺いしますが、よろしいでしょうか』

ハンドルを握る亮一を見た。

亮一は視線を前に向けたまま、「どうした」と訊ねた。

「あ、ちょっと待ってください。……警察のひとが、手紙の容疑者がわかったから説明に来るって。マンションに、これから」

「わかった」

「こっちから行かなくていいのかな？」

「向こうが来るって言ってるなら、いいんだろう」

「そっか、そうよね。……もしもし、お待たせしました」

通話を終えた日奈は、両手を顔に当てた。

「最初に被害届を出したとき、父が『ボディガードをつけることも検討する』って言ったの。そしたら係のひとが『できるならそうされた方がいいでしょうね』って。警察は何かあったら対応するけれど、基本的に自分の身は自分で守ってね、ってことみたい」

「身辺警護を始めてから、もうじき一ヶ月経つ。その間、不審な人物を数名、会社付近で見かけた」

「それって、あのバイクの？」

「歩行者もいた。一定距離以上に近づいてくることはなかったから、接触は避けられている。都度、警察にも連絡したんだが、それが実を結んだんだろう」

「数名も……」

事態の深刻さを改めて思い知る。

そんなにも自分は狙われていたのか。

目的が宮園の財産だとすれば、日奈への悪感情はないと考えるのが自然だ。でも誘拐目的で近づいてくる場合、犯人が乱暴な手段を取ることもありうる。

車で送り迎えしてもらえるおかげで、見知らぬひととの接触が減ったのは、本当にありがたいと改めて思った。

「安心しな。俺が気づいた全部のケースが犯行に結びつくわけじゃない」

「どういう意味？」

「不審とみなす基準を厳しくした」

「たまたま嫌なことがあって目つきが悪くなってて、たまたまこっちを見た不運なひとも怪しい人物としてピックアップされちゃったってこと？」

「そういうこと」

「冤罪は気の毒だな……」

日奈がつぶやくと、亮一はふっと笑った。

夕食を済ませた頃に訪ねてきたのは、電話で話していた通り、男女二人組だった。制服を着ておらず、特に目立つ特徴もなく、普通のカップルに見えた。『生活安全対策第3係』と書かれた名刺をもらわなければ警官だとは思わないだろう。

「わざわざありがとうございます」

「いえ、こちらこそ夜分にお邪魔して申し訳ありません。あの、そちらは……？」

「十和田亮一と申します。ボディガードです」

「なるほど、そうでしたか。ああ、お電話では何度か」

亮一も警官と名刺を交換し、短く言葉を交わした。

「早速本題に入りますが、不審者の情報を洗い出したところ、宮園さんの周囲をつけ回っている男が浮上しました。宮園さんのご実家の近くのコンビニでアルバイトしており、会社付近にも出没していたようですね。当人の筆跡が、以前ご提出いただいた封筒のものと似ています。同一人物の可能性が否定できません。それから、男の所持していた携帯の画像に、宮園さんが写っていました」

「盗撮ってことですか？」

「本人は、風景を撮っただけで、特定の人物を写す目的はなかったと話していますが」

「……それで今は？」

「建造物侵入で身柄を押さえました」

「えぇっ⁉」

「宮園さんのご実家に忍び込もうとしたところを取り押さえました」

犯人（と言っていいのだろうか）がそこまで大胆な行動に出たと知ってぞっとした。

もし日奈が実家で暮らしていたら、侵入してきたところを鉢合わせしていたかもしれない。マンションに移っていて本当によかった。

「侵入のことは、父には？」

「国際電話でご報告しました」

「そうですか……」

男性警官が男の名前を告げ、写真を見せてくれた。

「面識はありますか」

「……ないと思います」

日奈と同年代に見えるけれど、やけに目つきの暗い男だ。

「このひと、わたしのことを何か言ってるんですか？」

「コンビニでの勤務中、宮園さんからの好意を感じたと。それなのに最近は来てくれなくなって、非常にさびしかった、腹が立って仕方がなかったと話しています」

「そんな……めちゃくちゃです。接点なんてほんとにないんです。お買い物をしたときに、レジで対応してくださった方と一言交わすことはあっても、長居したこともありませんし」

「宮園さんとしては、彼とは何の関係もない。それでよろしいですね？」

「はい。あの……ひとつ、いいですか。二週間くらい前、会社の近くでバイクとぶつかりそうになったことがあって、その男に似ているような気もします」

「なるほど」

警官が写真を置いたテーブルを指でこつこつと叩いた。

「被疑者はバイクを所持しています」

「……それじゃ、やっぱり」

「そのお話のみでは、なんとも言い難いですね」

亮一が「失礼ですが」と口を開いた。

「あのとき近づいてきたバイクは、完全にこちらを狙っている動きでした。通行人提供の画像もあります。あいにく私共の調査では運転者を特定することができませんでした。調べていただけないでしょうか」

「ぶつかりそうになった場所は？」

「彼女が勤務する会社の正面玄関前です。今は私が車で送迎し、徒歩での移動は減らしているのですが、その日はたまたま」

「待ち伏せしていたのかもしれませんね。防犯カメラの映像は日にちが経つと上書きされるものが多いですから、今からですとなかなか難しいでしょうけれど、それ以外の写真があるならばお借りします」

「これからどうなるんでしょう……その、犯人は？」

「まぁ初犯ですので。ただ、バイクの件や他にも余罪があれば、変わってきます」

初犯だから処分は軽いらしい。不安で仕方がなかった数ヶ月を思うと、ずいぶんあっさりした幕引きだと思うけれど、直接危害を受けたわけではない以上、厳罰を望むわけにもいかない。日奈としては警察を通じて、「今後はつきまとわないでほしい」と頼み、引き続き自衛するだけだ。

警官たちはコーヒーには口をつけないまま帰っていった。

亮一がコーヒーポットを持ってきて、日奈のカップに注いだ。

「よかったですね」

「見えない場所で話が進んで、もう危険はなくなったって言われて、ありがたいけれど……容疑者を絞り込むまでに、警察のひとたちがどれくらい骨を折ってくれたんだろうと思ったら申し訳ないわ」

安全、防犯の仕事がどんなものか、亮一を通して少しだけ知った。常に警戒を怠らず、いざというときには身体を張る。

「気にするな。対象に不安を感じさせず、危険を排除できたなら、それが一番の成功だ。先日のスリ被害の件では俺も反省がある」

亮一は苦い顔をした。日奈は二杯目のコーヒーを飲む。

「家に忍び込まれるなんて、お父様ショックだろうな……」

「容疑者が勾留された件は、俺からも報告しておく。今後の方針も仰がないと」

「あ、うん」

亮一は六階に上がっていった。

もう警護は終わりにするとか、そういう話になるんだろうか。

この部屋に一人暮らす自分を想像した。朝起きたらカーテンを開け、亮一の警護なしに外を出歩くことができる。そんな自由は嬉しいけれど。

犯人が捕まりましたと言われて、はいそうですか、と翌日からのびのび外出できるほど丈夫な心臓じゃない。

亮一にはさんざん助けてもらったし、二人の生活のペースもつかめてきたし、急に一人にはしないでほしい。

コーヒーカップを片づけ、静まり返った部屋でぼんやり立ち尽くしていると亮一が下りてきた。

「話ついた？」

「ああ。独り暮らしは心配だから、このまま続けてほしいというのが父上の考えだ」

「そう」

「ほっとした顔してるな。この生活もじき終わりだと思ったら、惜しくなったか？」

図星だった。

「亮一さんはさびしくないの？」

「ん？」

「契約が終わりになったら、次は別のひとを守るの？」

「……どうだろうな」

　酔っ払ったところを介抱したり、ご飯を食べさせ合ったり――思い浮かぶのは自分と同じくらいの女の子で、亮一が引き受けるのはそんな仕事ばかりじゃないだろうとは思うのだけれど、自分の想像に自分で腹が立った。

「お前さ、俺が始終そばにいて、嫌だと思ったことないのか？」

「ない」

　若干、亮一がうろたえる気配を感じた。あれ、わたし何か間違えた？　無神経な答えだった？　一緒にいて嫌な思いをしたことなどないから、素直に表明しただけなのに。どうしてこんなに気まずい空気になってるんだろう。でも止められない。嘘はつけない。

「亮一さんのおかげだよ？　いろいろ教えてくれて、わたしの変な朝ご飯も文句言わず食べてくれるし、会社に行くのだって怖くない。お休みの日にはお散歩もして……こんな普通の毎日がずっと続いたらいいのにって思う。亮一さんに他の仕事をしてほしくないなんて思っちゃう」

「そう言ってもらえるのは、ありがたいな」

「亮一さんはどう思ってる？」

「犯人が特定されてよかったと思ってるよ」

「そのことじゃなくて」

「夫婦の真似事を続けることについて？」

「うん。だって、もし亮一さんに本当の恋人がいたら、絶対いい気持ちしない。わたしとこんな風に仲良くしてたら」

「……こんな風に？」

亮一が近づいてきて、日奈の両頬に触れた。右手と左手で、壊れ物をそっと持つような手つき。

額に亮一の息がかかる。多分、亮一も日奈の呼吸を感じている。

変質者に襲われたときのための練習だとしたら、拒まなくちゃいけない。でもできない。耳が熱い。欲望というものを初めて意識した。内臓をかき混ぜるような強い力。制御できない熱が宿り、発散できずにうずいている。抱き締められたい。キスしてほしい。

亮一の手が離れる。日奈はすかさず、亮一の胸に顔を寄せた。寄りかかり、鼻を亮一の胸に押しつけた。

行き場を失った亮一の腕が日奈の背中に回った。優しい感触に日奈の身体は震える。どうか、このまま……。

「卒業式、しなくていいんだよね」

鼻を押しつけたまま喋ったので、声がくぐもった。

「卒業式?」

「夫婦の」

「……ごついのが玉に瑕だが、警護に運転、一通りの家事もこなす。こんな優良物件、なかなかないからな。手放さないのは賢明だ」

自ら宣伝文句を並べる亮一に笑った。笑った勢いで、身体を離す。

本当に結婚したわけではなく、あいまいな関係だけれど、偽装結婚を嫌だと思っていないらしいと、亮一の答えを聞けてほっとした。

「これからもよろしくお願いします」

「ああ」

大きな手が頭を撫でた。子ども扱いされるのも、抱き締められるのも、両方せつない。


その晩、夢を見た。どこかの桟橋を散歩している夢だった。

隣には亮一がいて、夢の中の日奈はそれを当たり前のこととして受け止めていた。

海鳥たちが手すりに等間隔に留まっているのを眺めながら、穏やかな日差しと風を浴びて歩く。

不意に一羽が翼を広げて飛んできたかと思うと、亮一のサングラスをつかみ、また飛び去った。

（あ、あの鳥、殺されちゃう）

まず心配したのは鳥の処遇で、亮一の素顔を見てやろうという気持ちはなぜか湧いてこなかった。

銃で撃ち殺すの？　それとも餌でおびき寄せて素手で仕留めるのかしら。赤い血が流れる瞬間におびえて固まっていると、優しい声がした。

（日奈）

振り向くと、そこにあったのは見覚えのある顔だった。

彼だ。初恋の少年。あれからおよそ十五年経ったらこのように成長しているだろうという、まさにそんな顔で微笑んでいる。

（そうだったの？）

（そうだったのって？）

（……えっと）

呼びかけるべき名前を知らない。青年の微笑みが不思議そうな表情に変わる。

えーっと、えーっと、とうめきながら、目を覚ました。全身に汗をかいていた。

現実の世界に戻ってくれば、夢の中で見た顔を思い描くことはできなかった。

突然別人に入れ替わってしまったとはいえ、あれは亮一だったのだ。亮一さんと呼びかければよかったのにそうできなかった。

あの少年との再会はあきらめた。表面上ではそう思っていても、無意識では未練を残しているのかもしれない。

だから夢に見たのだ。そうであればいいのにと願う気持ちが見せた夢だ。

日奈は軽く笑い、ベッドから下りる。

今日も新妻として、朝食を準備するところから一日を始める。

3　ハネムーン・トラブル

「夏休みの予定決まった？」

「あ、いえ、まだ」

「書いてないの宮園さんだけだよー。共有フォルダーに置いたエクセル、今日中に更新しといて」

「はい」

　課長の背中を見送った日奈は、そっとため息をついた。

　休暇取得を先延ばしにしていた。毎年のことだけれど、休みだからといってプライベートで何かやりたい計画があるわけでもなく、行きたい場所も思いつかない。五日間の休みを前後の土日とくっつけて九日間。

　昼休み、自然と話はそのことになる。

「鞠絵ちゃんはもう休み取ったんだっけ？」

「まだ。しばらく忙しい時期が続きそう。まぁ、制度上は年度内に取ればいいって決まりだし、また冬とかになるのかなぁ」

「去年はオーロラ鑑賞だったよね」

「寒かった。一緒に行った男とは二度と会いたくないし」

「ご、ごめんね、余計なことを……」

「平気平気、なんてったって今年はこれがあるから。ご利益期待してます」

そう言うと、鞠絵は手帳の内ポケットに忍ばせたお守りを見せる。

「日奈は新婚旅行でも行ってきたら？」

「しんこんりょこう」

「何それおいしいの、って顔ね。行ってないでしょ？　ちょうどいいじゃん」

「そ、そうね……」

亮一の姿は社内にはない。警察からの連絡を受けて以降、警護してもらうのは平日の会社への送迎時と、休日の外出のみに減らした。空いた時間は、警備会社の別の仕事をしているらしい。パソコンと携帯があればどこでもできると言うけれど、何をしているのか詳しくはわからない。

「日奈パパのリゾートにでも滞在してくれれば？　あれってもうオープンしたんでしょ？いい部屋手配してもらいなよ、スペリオールラグジュアリースイート」

「リゾートかぁ」

「父親監視つきなんて嫌？」

「ううん……その案、乗った……！」

「え？　日奈、本気？」

「うん、ちょうど父からメールも来てたところだし、聞いてみる」

「お土産期待してるね。って、モルディブ土産って何だろ？　海辺のリゾートによくある感じかなぁ」

　海辺と聞いて、先日見た夢を思い出した。

　ただの夢として片づけることがどうしてもできない。

「ねえ、鞠絵ちゃん、もし子どもの頃に一度会っただけの相手と偶然会ったら、お互い気づくと思う？」

「一度だけ？　それって例の……？　まさかでしょ？」

「仮定の話」

「相当印象に残ってたとしても、向こうだって背も伸びるだろうし。ましてや太ってたりしたら、絶対わかんないと思うよ」

「そうだよね、普通は気づかないよね」

「え、本当にあの初恋の君と運命の再会しちゃったの？　赤い糸つながってたの？」

「違う違う、再会してない」

「なーんだ、無駄にときめいちゃった。現実にはそんなおとぎ話みたいなことってないよね。あーあ、あたしの王子様は今頃すね毛の脱毛でもしてるのかなぁ……」

　万が一、彼と再会したとしても、お互い気づかない可能性が高い。鞠絵の意見にほっとするのが半分、がっかりするのが半分。夢の展開のように、あのひとだ、なんて気づくはずがないのだ。

　その後、父とメールをやり取りし、夏休みに訪ねていいかとお伺いを立てると、心待ちにしていると返事をくれた。


　帰宅後、亮一に夏休みの提案をするため、六階に上がる。

「亮一さーん」

　台所にいるかと思いきや、亮一の姿はなかった。

　寝室の扉をノックし、耳を当てる。何の物音も聞こえない。疲れて寝てしまったのだろうか。

「あの、お話があるんだけど。あとそろそろ夕食が食べたいなぁ……」

　扉を開けて中を見る。ベッドにも、机の前にもいない。

「もうそんな時間か」

　上から声が聞こえた。

「え?」

　見上げた途端、目の前に黒いものが垂れ下がってきた。

「きゃああ」

腰が抜けた。

ゆうらゆうらと重量感を伴って揺れる巨大なカラス、いやコウモリか。

あごが外れそうなほど驚いた日奈の頭上で、亮一が逆さまにぶら下がっている。実はドラキュラだったの？

「びっくりさせないで。お化け屋敷じゃないんだから」

「毎日やってたんだが、見られたのは初めてだな」

亮一は頭を下にしたまま答える。

デザイン上、わざとむき出しになっている鉄製の梁に膝を引っかけ、トレーニング設備として使っているようだ。サングラスが外れないのも、髪が乱れていないのもすごい。

よっ、と声を出し、体操選手さながらのポーズを決めて床に下りた。

「夕食なら温めるだけだから、すぐだぞ」

「そうなの？」

「何か急ぎの話か？」

「あ、実はね、式も挙げなかったし、職場の皆さんに疑われないようにという事情もありまして、旅行に行こうと思うの。どう？」

「いいんじゃないか。いつ？」

食べながら聞こう、と亮一は日奈をダイニングへと誘導した。

「来月の十五日から、四泊六日。行き先はモルディブ」

「海外出張か」

父が責任者として着任した施設は、島まるごとひとつがリゾートになっている。つまり島内にいるのは、宿泊者と従業員のみ。プライベートビーチに囲まれ、海も陸も貸し切りとなる。

ウェブサイトによると、シュノーケリングなどのアクティビティも体験できると書いてあった。

「最高級リゾートで三食昼寝つき。亮一さんに用意してもらうのはパスポートのみ。オープンしたばかりのヴィラでヴァカンス。素敵でしょう？」

「ふうん」

「あ、心動いた？　動いたよね？」

「やたらVの発音を強調するなと思って」

「どうせばりばりの日本人ですよ。電子辞書がないと何も喋れない、典型的な日本の英語教育のたまものですよ。あぁ、このカレーおいしい……！」

「お前、私立に通ってたんじゃないのか？」

「通ってはいたけど、教わった内容が身につくかどうかは別問題で……」

「あ、そ」

「亮一さんは向こうの大学に行こうと思うくらいだから、高校でも成績優秀だったんでしょ？」

「そうでもない。まぁ、インターだからいろんな奴がいたな」

「インター？」

「インターナショナルスクール」

亮一に後光が射し、思わず日奈は拝んだ。海外でもよろしくお願いします……！

「つーかさ、俺が行かなかったら、その間、誰がお前を守るわけ？」

「でしょ？　一人でハネムーンのアリバイを作るのはむなしいし」

「職務放棄は俺の信条に反する。契約中はヒマラヤだろうがアマゾンだろうが、警護対象の行く先に俺の姿あり、だ」

「やったー。亮一さん大好き」

まともに目が合った。どちらもそらさず、しばらく見つめ合う。

日本ではボディガード兼運転手。外国ではボディガード兼通訳。国際免許も持ってたり？　なんて優秀な男なの。ボディガード界のサラブレッドなのかしら。このひとを雇うために父親はいくら出したんだろう。

「酔ってるのか？　妙にハイテンションだな」

「酔ってないもん」

「素面でそういうことを言うようになったか」

なんだか不機嫌そうだ。気に障ったのだろうか。

そっちは手の甲にキスとか、出会って間もなくしてきたくせに、と日奈は頬をふくらませた。

成田からコロンボまでのフライトはおよそ六時間。乗り換えて、さらに一時間。マーレ空港に着いたら、スピードボートでリゾートへ向かう。到着は、日本を出発して十時間後の見込みだ。

飛行機の座席をビジネスクラスにしたおかげで、亮一に窮屈な思いをさせずに済んだ。映画を一本鑑賞し、食事を楽しんだ後、キャビンアテンダントを観察する。立ち居振る舞い、メイクにヘアスタイル、全てがきちんとしていて、清潔感に満ち、同時に親しみやすさもある。真似できないと思う一方で、同年代の女性なのだから自分だってがんばればあのくらい、と妙な対抗意識も湧く。

「ねえ、CAさんの中でどのひとが好み？」

「……」

もしかして眠っているのだろうか。機内誌に視線を落とす横顔をのぞき込むと、面倒そうな答えが返ってくる。

「質問の意図がわからない。人気投票でもしてるのか」

「……減るもんじゃなし、教えてくれたっていいじゃない。ほら、あのひと、かわいくない？」

「仮にも新婚のふりをしているのに、夫の好みが妻とはかけ離れたものだったとしたら、あまり楽しくない旅行になるだろうな」

「わたし、そんなに心狭くないもの。だから正直に教えて」

「そこまで言うなら」

それからしばらく亮一は乗務員が通路を通る度、じっくりと観察しているようだった。追加の毛布やドリンクを頼むと、いずれの要求にもキャビンアテンダントはにこやかに応対した。

「全員は見られないね。ビジネスクラス担当のひとしか来ない」

「そうだな」

日奈は毛布を重ねた下で靴を脱ぎ、足の指を動かした。

「サンプルが少ないけど、まぁいいや。今見た中では誰がいい？」

「お前かな」

「わたしは除いて」

「なんでだよ」

「つまんない」

「お前を楽しませるための投票だったら、お前に票を投じたんだから喜んでしかるべきだろ」

「だって参考にならない」

「何の参考にするんだ？」

「何だっけ忘れちゃった……。でも百花繚乱（ひゃっかりょうらん）のＣＡさんを差し置いてわたしが一番？恐れ多いよー、ひゃああ」

「おい」

　飲みすぎ、とたしなめられる。

「そんなに飲んでないよ。ワイン一杯しか」

「あのな、機内は酔いが回りやすいの。おとなしくしとけ。向こう着いた途端にダウンしたらもったいないだろ」

　そう言われて素直に目を閉じたら、あっという間に眠りに引き込まれた。目覚めたときには着陸間近。もっと映画観たかったのに、とぼやくと、「帰りに観ろよ」と言われた。

「まだ始まったばかりなのに、旅の終わりのことなんて考えたくない」

「それもそうだな」

　出入国審査のときにはさすがの亮一もサングラスを外すはずだったが、彼は常に日奈を先に並ばせるため、日奈としては列の後ろを振り返るわけにもいかず、結局、素顔は拝めないまま。ある意味ＳＦ映画に出てくるキャラクターのように、亮一はこういう顔なのだと受け止める自分がいる。

　機内の揺れが身体から抜けないうちに、スピードボートでぐわんぐわんと波を乗り越えたせいか、平衡感覚が狂ってしまった。陸地に降り立った後も足元がふわふわする。亮一は平然と腕時計を合わせている。

　到着した日の夕食は、父も一緒に取る約束だった。宿泊施設のロビーに現れた父は、出発前より日に焼けていた。日本から持ってきたのだろう、見覚えのあるスーツ姿だ。

「元気そう」

「ああ。日奈、亮一くん、ようこそ。疲れてないかな？」

「大丈夫」

「おかげさまで元気にやっています。宮園さんもご活躍のようで何よりです」

「ああ、堅苦しい挨拶はいいから」

　久々に娘と再会した喜びを隠さず、父は上機嫌だった。こちらでの仕事もうまくいっているのだろう。

「怪しい奴が捕まって、本当によかった。一安心だ。よくやってくれたね。亮一くんも、今夜は存分に飲み食いしてくれ」

「恐れ入ります」

　そういえばいつから「亮一くん」呼びになったのだろう。初めて亮一と顔を合わせたとき、父は亮一を「十和田さん」と呼んでいた気がする。

「滞在中、何か困ったことがあればバトラーに頼めば、大概のことはどうにかしてくれる」

「はい」

　父が同席している場では、亮一は常に控えめな態度だった。久々に会った父と娘の会話を優先してくれる。ときおり意見を求められると、短い言葉で理路整然と答える。

亮一がトイレに立ったとき、父がしみじみと言った。

「いい子だなあ」

「子っていう年じゃないと思うけど」

「そうだな。いい男、か」

マンションでの暮らしについて報告した。亮一の過保護ぶりを話したら、かえって父は心配するかもしれないと思い、そのあたりは濁しておく。

「文武両道って感じで、お育ちもいいみたい。インターナショナルスクールに通ってたんだって」

「ああ」

父が何か言いいかけたとき、亮一が戻ってきた。

「失礼しました」

「いやいや。今も話してたんだよ、亮一くんは優秀だって」

「もったいないお言葉です」

「亮一くんにはお礼を言わなくてはね。日奈を守ってくれてありがとう。前にも話した通り、娘は成人する前に母親を亡くして、僕ではいろいろ行き届かず、足りないところもあるだろうと思う。迷惑をかけるが、よろしく頼む」

「こちらこそ引き続きよろしくお願いします」

「本当はね、娘がおかしな手紙をもらったとき、僕は日奈も一緒にこっちへ来られないかと考えたんだ。やっぱり心配だからね。目の届くところにいてほしかった。会社は、僕が言えばその程度の人事は考慮してくれる。でも本人が部署を移るのは嫌だと言い張る」

「だってそんな個人的な理由で」

「それを聞いて、僕はちょっと嬉しかった。娘が『この仕事をやる』と決めたんだってことがね。どこに配属されるかは運みたいなものだが、その後、そこで力を発揮できるかどうかは本人次第だから」

これって娘自慢の方向に話が行ってない？　気恥ずかしくなった日奈は、カクテルをあおった。甘くて、柑橘系のみずみずしさと苦さもあっておいしい。

もう一杯を頼もうとしたら、亮一に止められた。

「ほどほどになさってください。初日から体調を崩したらもったいないですよ」

「これくらい平気。ね、お父様も何か言ってよ」

ねだっても、父は加勢してくれなかった。まるで父と息子（この場合、日奈にとっては兄？）のように結託し、二人して「そのへんにしときなさい」などと言う。

途中でシャーベットをはさむフルコースを食べ終えて、亮一の腕時計をのぞくと、夜十時を過ぎていた。

レストランを出て父と別れ、予約しておいたヴィラへ向かう。

気温は高く、湿気もあるが、東京の蒸し暑さとは全然違う。肌に粘つく感じがしない。

海の上に道ができていた。水上に渡したウッドデッキでヴィラの各棟がつながっているのだ。

海の上を歩くのは怖くもあり、楽しくもあった。

ちらちらと揺れる灯りが水に映る景色は幻想的で、ああ異国へ来たんだ、と強く思った。

「危ない」

「え」

「落ちるぞ」

肩に回された亮一の手が熱い。旅行を理由に買ったオフショルダーのワンピースだから、手のひらが肌に直に触れる。汗ばんでいた気がした。自分か、それとも亮一の手のどちらか。

前を歩いていた担当のバトラーが振り返り、ハネムーンかと訊ねた。亮一がYesと答えると、優しく微笑んでくれた。

モルディブは日本人の新婚旅行先として人気が高い島国だ。元々漁業が盛んで、観光が主な収入源になっているらしい。

会うスタッフは皆、親し気な笑顔を向けてくる。父が働く場所がおかしなところじゃなくてよかった。

ヴィラは外から見るよりも中に入ると広さを感じる作りだった。エアコンの他、天井にシーリングファンが設置されている。

バトラーが一通りの説明をした。

滞在中の朝食はこのヴィラまで運ぶので、あなた方はテラスで海を見ながら楽しめる。本棟のレストランで取ることも可能で、変更したければ前日までに連絡を、とのことだった。日奈の英語力でも理解できるスピードで話してくれるのでありがたい。

その他、スパやアクティビティの予約について案内すると、何か質問はあるかと問うた。

バトラーと亮一の二人に視線を向けられ、日奈は首を横に振った。

亮一が何かつぶやくと、バトラーの顔がぱっと華やいだ。失くしものを見つけたような笑顔だった。

よい夜を、と告げ、バトラーはにこやかに退室した。

よい夜と言われると……どんな夜か想像がふくらんでしまう。ハネムーンの最初の夜、海に囲まれたヴィラで波音を聴きながら、ずいぶん遠くまで来たね、地球上のどこに行っても俺はお前の近くにいる、なんて抱き締められたりして……。

一人顔を赤らめていると、亮一が不思議そうに首をかしげていた。

日奈は頭に浮かんだ妄想を追い払い、運び込まれていた荷物をほどき始める。

「父ったら、本当にわたしたちが結婚したんだと思い違いしてそう……」

「それはないと思うけどな」

部屋を手配してくれたのは父のはずだ。嫁入り前の娘が、男と同じ部屋で寝泊まりすることに何の抵抗も感じないのかしら。しかも四泊。何も考えていないのだとしたら、鈍いというか、かなり問題かも。

「あ、そういえばさっき、なんて言ってたの？」

「さっきって？」

「バトラーさんが嬉しそうにしてた。……シュー何とかって聞こえたけど」

「ああ。シュークリア？」

「それ！　どういう意味なの？」

「ディベヒ語で『ありがとう』」

「へえ」

　スタッフはどんな客にも分け隔てなく接してくれるはずだが、やはり彼らも人間だ。客が尊大に振る舞うことなく、サービスする側をいい気分にさせたならば、その客はより上質なサービスを受けられる。先ほどの食事のとき、父がそう話していた。

　ちょっとした気遣いを大げさでなく、さらっと見せる。身の上について話したがらない亮一だが、名家に生まれ、上質な教育を受けてきたのかもしれない。

　わたしのボディガードすごいでしょ、とバトラー相手に自慢したくなった。日本語ならともかく、英語で自慢なんてできるわけがないのであきらめざるを得ないけれど。

「シュークリアね。わたしも憶えておこ」

「ああ」

　亮一は柔らかい声で同意してくれる。

スマートフォンのメモ帳機能に記録して、その事実に気づいた。

「あ！」

「どうした」

「携帯が通じない……」

日奈の電話は海外使用ができないようだった。機種の制約か、契約の問題かはわからない。電波の強さを示すアイコンにはバツ印がつき、わずかに一本も立たない状態だ。

「目覚ましにしか使えないよー」

「電池食うし、切っとけば」

「うん。あとね、バトラーさんの名前、憶えられない。どうやって呼びかければいいんだろ。エクスキューズ・ミーでいいの？」

「俺を呼べば済むだろう」

「そうだけど、一応」

「いつも声の届くところにいるから」

「……うん」

いくら亮一の耳がよくても、声を拾える範囲は限られている。だから今の言葉は、いつも日奈の近くにいるという約束に他ならない。

さっきの妄想が再燃する。地球上のどこに行っても俺はお前の近くにいる……そんな台詞。

けれど。

まぁ、亮一が日奈から離れずにいてくれるのは愛情からではなく、職業意識からなのだ

室内を見回す。

ベッドはふたつあるが、どちらも大きい。ダブルベッド。その気になればひとつで二人一緒に眠ることが可能——というか、本来は二人での使用を想定されたサイズだ。白地に緑色の刺繍の施されたベッドカバーがかかっている。枕元には赤い花が一輪添えられていて、色のコントラストのせいか、妙に生々しい。じっと見ていると、何か勘違いされるかもしれない。

「ベッドはひとつずつ使えばいいよね」

日奈は平坦な声を作って言った。

「ああ」

「どっちがいい？」

「どっちでも」

「じゃ、わたし窓際ね」

テラスに続く大きな窓を見やる。ガラス窓の外は海が広がっているはずだが、夜なので景色を楽しむ感じではない。

「明日は泳ぐぞーっと」

「泳げるのか？」

「多分……きっと」

「自信なさそうだな」

「高校のときの水泳の授業以来だし」

「まさかスクール水着……」

「違います！　かわいいビキニですから。目がくらむほど色っぽいんだから」

「へえそれはそれは」

全然期待していない声が返ってきて、かなりくやしい。一応は女として見てほしいというのが本音だ。

鞠絵と一緒に選んだビキニは、都内の温浴施設に行くときに着たきりで、以来、登場の機会がなかった。久々の活躍の場がモルディブの海だなんて、水着も喜んでくれそう。

今はただ黒々と沈黙しているだけの海は、陽光の下、どんなきらめきを放つのだろう。

「明日、晴れるかなあ」

「天気予報によると、晴れだ」

さすが敏腕ボディガードは情報収集にも抜かりがない。

「あー……なんか眠くなってきた」

「移動で身体に負担かかってるからな。荷ほどきは明日でもいいから、もう寝な」

「バスルーム使っていい？　更衣室として」

亮一の耳たぶが赤くなったように見えた。水着の話をしたときは平然と聞き流していたくせに。変なの。

「あ、亮一さん使いたいなら、お先にどうぞ」

「いや、お前先に使っていいよ」

バスルームに鍵をかけ、パジャマに着替えた。Tシャツに、裾の広がった七分丈パンツというゆるい格好は我ながら色気はないけれど、とてもリラックスできる。

洗面台にも、ベッドの上にあったのと同じ赤い花が置いてあった。蘭の一種に見える。日本では見たことのない花だ。

充実したアメニティに心惹かれつつ、シャワーを浴びるのは面倒だからパスすることにした。すぐにでも横になりたい。

メイクを落としてバスルームを出ると、既に亮一もTシャツ姿だった。下は日本で着ているのと同じスウェットズボンだ。

「いつの間に着替えたの？」

「誰かさんが自分の顔に見とれてる間に」

「見とれてないです～」

「風呂使ってないよな?」

「うん。酔ってるし、今日はこのまま寝ちゃおうと思って」

「そうだな。おやすみ」

「おやすみなさい」

日奈がシーツにくるまるのを見届けてから、亮一が部屋の電気を消してくれた。すたすたとバスルームに入ってゆく。

扉の隙間から細く漏れる光が、まぶたを閉じても感じられる。なんだかすごいな、と改めて思う。嘘だけど新婚旅行なんて。

ふっと足を踏み外すように意識が途絶え、次に目が覚めたとき、あたりは真っ暗だった。夜中だ。お酒を飲んで寝たときには、深く眠ったつもりでも数時間で起きてしまうことがたまにある。

一人で使うには広すぎるベッド。大きな羽根枕。鈍い頭痛。

ここがどこで、誰と一緒にいるのか、すぐには把握できなかった。

数時間のフライトを経てやってきた異国にまだ意識がなじんでいない。

そっと耳を澄ませた。かすかに鳴るエアコンの音の向こう、憧れの水上コテージは昼も夜も波音が聞こえるはずで、耳をくすぐる潮騒を楽しみにしていた。

テラスに出れば聞こえるに違いない。日奈はベッドを抜け出した。

亮一が起きている気配はない。

ひんやりした木の床の感触が素足に心地よかった。窓を開ける。あたりは暗いけれど、何も見えないわけではない。テラスは室内の半分ほどの広さがあり、デッキチェアやらテーブルセットが置かれていた。

そして見上げれば満天の星。人工の光が少なく、空気も澄んでいるのだろう。星と星を結んで、新しい星座を作れそうだ。

チェアに腰かけ、星空の下、耳を傾ける。

ザザン、ザー……と寄せては返すリズムではなく、文字にするならチャプン、チャプンという聞き覚えのある水音が足元から聞こえる。

自然の中にいるのに、人工的な連想が浮かんでくる。洗濯槽が回る音とよく似ているのだ。どうかすれば自分が衣類のように洗われている錯覚も覚えるほど。

これは予想外だ。ネットを眺めているだけではわからない、現地に来て知ることもあるなぁとしみじみしながら室内に戻り、ベッドに潜り込む。

布団を引っ張ったとき、違和感に気づいた。

なんで？　亮一がいる。すぐ隣で静かに眠っている。声を上げるタイミングを逃してしまい、日奈はうろたえた。

自分のベッドはテラスに近い窓側だった。部屋の入口に近い方が亮一だ。間違えてはいない。

じゃあ、どうして？

シナリオその一。ベッドの位置が入れ替わった。昔、漫画で読んだことがある。家具の位置を入れ替えて、殺人事件が起きた部屋とはまるで別の部屋に見せかけて登場人物を混乱させるのだ。そうだとすれば誰が何のために——まさかリゾートのスタッフの仕業ではないだろう。

シナリオその二。日奈がテラスに出ている間に、亮一が目覚め、寝ぼけてこちらのベッドに入ってきた。覚醒した亮一が日奈を探さないわけがないから、ほとんど意識のない行動に違いない。

もぞ、と亮一が動いた。

俺の、という自然な感じで引き寄せられて、身動きが取れなくなる。窓の方を向いている日奈のお腹のあたりに亮一の腕があって温かい。

心臓が強く鳴り始める。

もしかすると亮一は夢を見ていて、夢の中で日奈を守っているのかもしれない。

亮一が寝返りを打ったら抜け出そう。それがいい。首の後ろに亮一の規則的な呼吸を感じながらタイミングを計っていると、静かな声がした。

「添い寝してくれるなんて、大胆だな」

「へっ……!?」

変な声が出た。

「起きてたの？　寝たふりってひどくない？」

「お前、引っかかるの二度目」

楽しそうな亮一の声に腹が立つ。

「ひとのベッドに勝手に入ってきたのはそっちよね？」

「お前がどんな風に男を襲うのか知りたかったからさ」

「襲いません！」

確かめもせずベッドに滑り込んだ自分が悔やまれる。でもまさかほんの五分か十分離れている間に待ち伏せされるとは思わない。

苦しくはないけれど、絡んだ腕の力は強く、引きはがそうとしてもびくともしない。

「離して」

「やだね」

「ば、バトラーさん呼ぶから……っ」

「呼べば？　電話に手が届くなら」

サイドテーブルにある電話を取るには、身体の向きを変える必要がある。それはつまり、亮一と向き合うことを意味する。いくらなんでもそんな体勢を取るわけにはいかない。

「そもそも俺たち、新婚カップルとして滞在してるわけだし。パスポートは書き換えてないけど。『犬も食わない夫婦喧嘩』って概念がディベヒ語にあるかどうか」

ううう、と海老のように背中を丸めた日奈に覆いかぶさるように、亮一がささやく。

「襲い方、教えてやろうか」

「……っ」

耳元で受け止める湿った声に心臓をくすぐられ、日奈は身をすくめた。腰を抱き締める力に、男を感じる。

新婚の二人がベッドの上でする行為を思うと、胸が騒いだ。このまま流されたら――

怖い。

「……いや」

か細い声しか出なかったのに、ふっと拘束が解けた。密着していた腕が離れると、途端に心もとなくなる。

「ふざけすぎた。アルコールで理性が揺らいだ」

空気の揺らぎと共に、酒臭さが日奈の鼻をくすぐった。ああそうか、亮一も酔っていたのだと今更ながら思い出した。

「自分をコントロールできない人間がボディガードなんてな。夜遅くに悪かった」

スプリングをきしませ、ベッドの反対側から下りる。亮一はそれ以上、何も言わなかった。

日奈も黙っていた。黙って、寝たふりをした。鼓動は速く、まだ落ち着かない。

ひとつのベッドに寝て、あんな風に腕を密着させて、刺激的な言葉を吐いて。

亮一にとっては悪ふざけとして処理する事柄なんだ。遊んだだけ、酔っていただけ。

本気で動揺した自分が馬鹿みたい。隣りのベッドからはすぐに寝息が聞こえてきて、日奈も今度こそ深い眠りに引き込まれた。

「おはよう」

声の方を見れば、亮一がソファで新聞を読んでいた。背もたれに身を預け、脚を組んでいる。

「もう起きてたの？」

「時差のせいだな。日本の方が四時間進んでる」

なるほど、昨晩父と別れたのは夜十時頃だったけれど、日本時間では午前二時くらいまで飲み食いしていたことになるらしい。

「快晴だ」

亮一が窓のロールスクリーンを上げる。室内に光が満ちた。

起き抜けの顔を見られたくなくてシーツをかぶると、亮一がしかけた真夜中の戯れを思い出した。

――添い寝してくれるなんて、大胆だな。

――襲い方、教えてやろうか。

あのとき、すぐそばに亮一の体温があった。

真夜中、旅の疲れと興奮と酔いに浮かされた状態だったから成立した悪ふざけ。まばゆい光にあふれた朝の中では、本当に起こったことなのか首をひねりたくなってしまう。記憶をねつ造されたのかも。そのくらい現実味がない。

仮に同じことを今言われたら迷わずフロントに通報だ。父を呼び出し、セクハラを訴え、ボディガードを解任してもらう。

「風呂用意するか？」

実際にかけられた言葉には、昨夜の色っぽさはかけらも残っていなかった。

「うん、お願い。ありがとう」

襲われたら困るくせに、何もないことにひどくがっかりしてしまう。自分で自分の本心がつかめない。

べたつく身体をさっぱりとさせ、半渇きの髪を風に任せてテラスで朝食を取った。海老とホタテのオムレツ。チキンカレー。フォカッチャ、ベリーの詰まったマフィン。

空も海もすぐそばにある。時間を気にせず、舌鼓を打つ。

東京にいるときも始終顔をつき合わせているのに、背景が変わると、亮一がまるで別のひとに見えるから不思議だ。ワイルド系っていうんだっけ。男性を分類する語彙に乏しい日奈としてはその表現が合っているのかわからないが、みしっと筋肉が詰まった身体は海がよく似合う。

亮一は食欲旺盛で、日奈が残した分の卵料理と、かごに盛られたパンも完食した。

「よく食べるね」

「外で食べてるせいかもな。潮の香りもきつくないし」

「平和だし？」

「そうだな」

亮一はからっと快活に笑った。

楽しそうな亮一を見るのは楽しい。

「こんな優雅な休日初めて。来てよかった。すごく穏やかな気持ち。今日が地球最後の日だったとしても、幸せに死んでいけるっていうか、どうぞどうぞって受け入れちゃうかも」

「地球最後って物騒な話だな」

「なんかね、ずっと急（せ）いてたから。おかしなひとに目をつけられたからじゃなくて、それより前から、気持ちの面でね。東京で働いて暮らすのって楽しくて飽きないけど、せわしないでしょ？　しかもそのことに無自覚で」

「ああ。そうかもな」

亮一が海に目をやった。日奈も真似して海を見る。きらきらというよりぎらぎらに近いまぶしさが目に染みる。波間で弾ける光の粒に負けて、まぶたを閉じた。

「わたしもサングラス持ってくればよかった」

「雑貨屋に置いてるんじゃないか」

「亮一さんのくらい黒いのあるかな？」

「どうだろう」

「ちょっと貸して」

「だーめ」

テーブル越しに伸ばした手をあっさりかわされた。

「せっかく同じ場所にいても、わたしと亮一さんは違う景色を見てるんだなと思うと、ちょっとさびしい」

亮一が驚いた顔を見せる。え、そんなにびっくりするようなこと？

何か言葉をくれるかと思って待ってみたけれど、その後、喋り出す気配はない。洗濯槽が回る音に似た波音が続くだけ。

紅茶を飲み切り、沈黙を破ったのは日奈だった。

「お腹いっぱい。少し休む？」

「ああ」

デッキチェアに寝そべった。すっかり髪も乾き、満たされた気分だ。

隣で同じように身体を横たえた亮一は、乗り継ぎの空港で買った洋書を開いている。

「読書かぁ。亮一さんって真面目……」

「何もしない贅沢を味わうのに慣れてないからな。数時間先まで予定がない状態が受け入れにくい」

「手持無沙汰が苦手ってこと？」

「ああ。余計なことを考えずにぼーっとできるお前がうらやましいよ」

「わ、わたしだって何も考えてないわけじゃないよ」

「ふうん」

からかうような笑いを含んだ声。

頭の中を見せてあげたい。とはいっても、満腹で、熱くも寒くもなくて、ＴｏＤｏリストのない状態では、脳内のかなりの部分をほわんとした考え――夜になってまた亮一にいたずらをしかけられたらどうしよう、いっそこっちから先制攻撃してみたらどうなるんだろうといった夢想――が占めているのだけれど。

「ね、ちょっと貸して」

亮一から本を受け取り、指で文字をたどりながら単語を追う。

「そんな明るいところで読んだら目悪くするぞ」

視界を影が覆った、と思ったら、亮一が大きなパラソルを移動してくれたのだった。

「ありがと」

「どういたしまして。楽しめそう？」

「うーん、まだどういう話か全然わからない」

単語の意味でつまずき、文章を理解するまで至らず、一ページも読めずにあきらめた。

亮一にとって退屈しのぎになるペーパーバックは、日奈には睡眠導入剤だった。

「牛になってもいい……」

目を閉じると、まぶたの裏に光が踊る。


「お目覚めですか、お嬢様」

「……わたし、寝てた？」

ほんの五分程度目をつぶるつもりが、亮一の読書はずいぶん進んでいた。もう中盤だ。

「寝過ごした……。ちょっと休んだら泳ごうと思ってたのに」

「まだ太陽高いから充分遊べるぞ。宿泊者専用のビーチに行ってみるか？」

亮一の誘いに日奈は迷った。テラスの端には海へ続く階段が設けられており、軽く水遊びをしたいだけなら、ここで充分だ。他の宿泊客への気兼ねもいらない。

「シュノーケリングのセットって、コテージに届けてもらえるんだっけ？」

「ああ、頼んどくか？」

「うん。実はこの下、水着着てるんだ」

花柄のワンピースの襟ぐりをずらして肩紐を見せる。服を脱いだらすぐ泳げるよう、朝のシャワーのときに仕込んでおいた。

「けったいなことを……」

亮一はあきれているけれど、女子校では午前中に水泳の授業がある日は、かなりの数のクラスメイトが使っていた業だ。

旅支度として、脱ぎ着のしやすいワンピースを数枚持ってきたのは、この計画をふまえてのことである。

「亮一さんって、どんな格好が好きなの？　あ、亮一さんが着る服じゃなくて、こう、見る側として」

「特に好き嫌いはないな」

「えー、そんなはずないでしょ。あんまり肌を出したらみっともないとか、花柄よりチェックがいいとか」

「似合ってなかったらはっきり言ってやるよ」

で、何も言わないということは、このワンピースは似合っていないわけではない。そう解釈できる。

思い返せば、亮一が日奈の外見をほめてくれることはほとんどない。かわいいとか顔映りがいいとか、お世辞でも言ってくれたら張り合いがあるのに。

室内に入り、ワンピースを床に落とす。

水着姿になった日奈を見ても、亮一は顔色ひとつ変えなかった。

深い緑色のビキニで、胸のカップ上部に白いフリルがついている。全体的に布の面積が小さい気がしたし、ショーツのサイド部分はほとんど紐のように細い。大胆すぎではと心配だったけれど、アメリカ生活でグラマーなお姉さんたちを大勢見ていたに違いない亮一の感覚は鍛えられているのか、そそられなかったようだ。くやしい。

「日焼け止め、塗ってやろうか」

「自分で塗れるから平気」

「後ろは届かないだろ」

「わたし、千手観音並みに腕長いもん。あ、亮一さんも使って」

「千手観音って……」

「ほら、ＳＰＦ５０。塗った方がいいよ。日焼けして将来シミができたら困るでしょ？」

「どーだかな」

「これからは男のひとも美白の時代だって」

ウォータープルーフの日焼け止めローションを手渡す。

亮一は、Tシャツの袖から伸びた腕、そしてハーフパンツから出た脚におざなりに塗っておしまいにしてしまった。

「駄目だよ、そんなんじゃ。顔も首も全然塗れてないじゃない」

「じゃ、お前が塗ってくれる？」

ローションが再び日奈の手に渡される。ためらいを呑み込み、日奈はうなずいた。

「わかった」

亮一の肌に触れるのは、怪我の手当てをしたとき以来だ。あのときとは違う緊張が日奈の指先を震わせる。

そっと頬に触れた。ざらっとした新鮮な感触。ひげの剃り跡ってこんな手触りなんだと知って、どきどきした。思わず息を止めてしまい、意識して呼吸を取り戻す。

サングラスに覆われている目の周りは特に丁寧に薬指で塗り込めた。

大切なもの、守りたいものに触れるとき、手つきは自然と優しくなるようだ。

「くすぐったい？　もう少しだから」

耳の後ろから首にかけて、塗り残しがないよう指を滑らせた。

「これでOKだと思う」

「サンキュ。お前って」

亮一は日奈の手を取って、まじまじと見た。

「子どもみたいな爪してんのな」

その言葉は、体型をどうこう言われるのと同じくらい日奈を刺した。幼い、色気がないと指摘されたよりももっと気持ちがへこむ。時間を工面してネイルサロンに行っておけばよかった。

「おいどうした。何しょげてんだ」

「準備不足を全力で反省してる」

「ここじゃ買えないものなのか。問い合わせてみるか？」

「……そんなんじゃない。亮一さんにはわからないよ」

「わからないなりに力になろうとしてるんだが」

「ほんっとにわかってない。そうやって何でも解決できると思っていつも自信満々で」

大人の余裕を見せて、日奈を子ども扱いする。

お互いの間に飛び越えられない溝があるとでも言うように。

だけど、好き。くやしいけれど焦がれている。近くにいたいし、同じものを見て話したい。笑いたい。

突然花が咲くように現れた結論に、日奈は戸惑った。好き――本当に？　間違いない？

（わたし、亮一さんのこと好きになってたんだ……）

真面目さにぐっと来たり、過保護な言動に翻弄されたり。

いつも近くで守ってくれるボディガード。

毎日朝から晩まで一緒にいて、危険を回避して、同じものを食べて、育ち始めた気持ち。何が起こるかわからない毎日が楽しくて、終わらせたくない思いが積もっていった。

そばにいたい。いてほしい。

この気持ちを素直に認めよう。亮一に惹かれている。初恋の彼じゃなくても。

大切で、失いたくない存在。

「……やっぱり塗ってもらっていい？」

背中に手が届きづらいのは確かだし、まだらに日焼けしてしまうのも嫌だし（と自分に言い訳をして）、亮一の手を借りることにした。

亮一がボトルを振った。カラカラと音がする。

「さっき塗ってやるって言ったのに。お前ってあれだろ、俺が日本を離れてる間に市民権得た……ツンデレ？」

「違うよ、全然」

「そうか、『塗ってやってもいいぞ』、ツンデレってこういうのだろ」

「それはただの俺様」

「ただのって……」

「ツンデレっていうのは……そんなにわたしの日焼けが心配なら、塗ってくれてもかまわないよ――みたいな感じかな」

　完全に自分のキャラと違う台詞は恥ずかしい。

「……あーこういうの慣れないから、正解は鞠絵ちゃんに聞いて！」

「おう」

　スマートフォンを取り出したから驚いた。まさか今？　そんな用事で？

「待って待って」

「冗談だよ。新婚旅行先から、妻の親友に電話なんて、何かあったんじゃないかって心配かけちまう」

「それに鞠絵ちゃん、きっと仕事中」

「今はお前と二人の時間だしな」

「うん」

　確かめるようにうなずき合い、導かれるままベッドにうつ伏せた。

「塗りにくいな……。これ一旦ほどくぞ」

　後ろで結んだ紐に指をかけられ、するっとほどかれた。

　指の動きがリアルに感じられる。見えない分、背中の皮膚は鋭敏で、肩甲骨の周りを丹念に撫でられるとぞくぞくした。皮膚にあるセンサーが受け取った刺激を増幅している。

　自在に動き回る亮一の指に、心臓の鼓動が伝わっていたらどうしようと思った。

「ありがとう、もういい？」

上半身が裸になってしまったから、ベッドから起き上がるときは気をつけないといけない。再び水着を着用する段取りを考えていた日奈に、平然とした声で亮一が言った。

「いや、下がまだ」

「え」

手が脚に触れた。

「そこはもう塗ったよ」

「念には念を入れよ、だな」

自身の日焼け対策はおざなりのくせに。

腿を撫で上げるように、ビキニショーツのきわまで塗り込められる。

「え、いいよ、そんなところ……」

「紫外線は遠慮してくれないぞ。中途半端に塗ったらシマウマの脚になる」

シマウマの脚って？　黒いの？　それとも脚まで縞模様？

「ほら」

促され、おずおずと脚を開く。

恥ずかしい。吐息が湿る。シマウマシマウマ……と呪文を唱える。

真昼なのに官能的な空気が降りてきた気がした。主導権も選択肢も亮一が握っていて、日奈は進むか戻るか決められない。流れに呑まれた小さな魚のように耐えるしかない。

「ほっそいなぁ……お前、両脚閉じても、太腿に隙間ができるだろ。ほら、向こう側が見通せる」

　上半身を低く保った状態で腰を持ち上げられる。こんな風に検分されるなんて思ってもみなかった。

「三食食ってんのに腹も薄いし。ちゃんと内臓入ってるのか疑いたくなる」

「……太れないの」

　亮一の指が肌を滑り、水着の生地の下に潜り込んだ。ほんの一瞬だったけれど、柔らかく熟れたひだをめくられ、日奈は身をすくめる。息を呑んだはずみに、変な声が出てしまったかもしれない。

「濡れてる」

「な……な、に？」

　ことり、と音がして、枕に埋めていた顔を横に向ける。日焼け止めのボトルをサイドテーブルに置いた音だとわかる。

「こんなつもりじゃなかったよな。——俺のせいにしていいから」

　こんなつもり、って……。

　亮一は左右の手で尻のふくらみに触れた。壊れ物を扱うような触れ方に、少しずつ力が加わる。ちょうどいい加減の圧が、日頃のデスクワークで凝り固まった筋肉をほぐしてゆく。

　双丘を揉む動きにつられて、何もまとっていない上半身がベッドに押しつけられる。

ささやかな胸がひしゃげて形を変える。その先端は尖って硬くなっている。尖りは熱を持ち、自ら刺激を求めるかのようにうずく。もどかしい。シーツにこすられるだけじゃ足りない。でもどんな風にしてほしいのか自分ではわからない。

腰から腿にかけて丁寧に揉みほぐされ、日奈はベッドに全身を投げ出した。

脚の間がぐずぐずにとろけてしまっている気がする。

腹這いになり、すがるものを求めてシーツをつかんだ日奈の手を、後ろからそっと亮一の手が包んだ。

大きな手。日奈を守ってくれる強い腕。

「力抜いてみ。その方が楽になる」

水着の紐をほどいたときよりも鮮やかに、亮一は、ぎゅっと握り締めた日奈のこぶしを開いた。

指の力が抜けると、連動して全身の力も抜ける。

うつ伏せていた身体を仰向けにされ、あわててそこにあったタオルをつかみ、胸を隠す。

「怖いか?」

「怖くはないけど、なんか、変っていうか……」

「悪い、止めらんねえわ」

「え……?」

「全部俺のせい。お前は何も考えなくていい」

頬を両側から包まれ、まっすぐに唇が降りてくる。

キスだ。亮一とキスしている……。

息継ぎをはさんで、何度も唇と唇を重ねる。

「目がとろんとしてる」

口づけを繰り返しながら、亮一は日奈の髪に手を入れて優しくすいた。

その目元はいつも通りサングラスに覆われており、日奈は喉に小骨が刺さったような痛みを覚える。こんなに近づいても素顔を見せてくれないなんて。

胸元を押さえたタオルをはがされそうになり、抵抗したものの、結局は力で負けた。

隠していたふくらみを、手のひらですっぽり包まれる。好きなひとが触れてくれている。そう思うとたまらなくなった。

勃ち上がりかけた胸の先を、亮一がつまんだ。甘く鋭い刺激に日奈は身悶える。こよりを作るような動きでいじられ、唇に含まれると、さらに興奮は増した。

「……っ……あぁ……！」

頂を左右交互に責められ、自分の喘ぎ声が大きくなっているのに気づく。

「だめ……」

「駄目？」

「こんなの……」

「新婚ならみんなしてることだと思うけど？」

「だ、って」

新婚なんて嘘。演じているに過ぎない。

偽装した関係を終わらせるきっかけがなくて、亮一はこの生活につき合ってくれているだけで。

日奈は亮一を好きだけれど、亮一からは何も言われていない。

だから——だから、こんなこと想像もしていなかった。助けて鞠絵ちゃん、どうすればいいの、と助言を求めたい親友とは遠く時差にして四時間も隔てられている。

亮一は手のひらで右胸をやわやわといじりながら、左胸のうずきを吸い上げた。

「ひ、日焼け止めが……」

「何度でも塗ってやるよ」

「じゃなくて、舐めたりしたら……その、成分が……」

「多少口に入っても毒になるほどじゃない。そんなこと気にしてたのか」

軽く笑われて泣きたくなった。亮一の口に変な化学物質が入るのは嫌だし、それが日奈の味だと思われたくもないのに。

「こ、こえ、外に聞こえない……？」

「声？　聞こえないよ」

「ほんとに？」

「夜だって、別の客の声は聞こえなかっただろ」

「……」

「大丈夫だ」

亮一が大丈夫と言うからにはそうなのだろう。日奈の両肩の上に手をついた亮一はそっと髪をかき分け、耳元でささやく。

「むしろ聞かせてやればいい」

「え……っ」

ぱくり、と耳を食まれ、こらえきれない声が漏れた。こんな声、自分じゃないみたい。

「暴れんなって」

「だって」

「お前が嫌なことはしないから」

ずるい。何もかもが初めてな日奈には、これは嫌、これはＯＫ、とあらかじめ主張できる基準がない。何かされてから、やっぱり今のは嫌、と日奈が言ったって取り消すことはできないのだ。

亮一は日奈の上半身にキスを浴びせながら、「綺麗だ」とつぶやく。普段はそんな風にほめてくれるひとじゃないから、小さな一言でも染みる。

胸から下腹部へ、また逆へ、指と舌の両方でたどり、高低差を楽しんでいたかのような亮一の愛撫はやがて、未開拓な場所を目指す。

後ろから責められたときとは違い、見下ろせば亮一が何をしようとしているかわかって

しまう。

開脚させられて、あまりの恥ずかしさに両脚で亮一の肩をはさんだ。

小さな水着が覆い隠す秘部を、亮一がのぞき込む。

「色が変わってる」

「え？」

「濡れてるってこと。中からあふれて、とろとろになってるな」

「やだ……っ」

濡れてるなんて、しかも水着の色を変えるほどだなんて、粗相をしたようで恥ずかしい。

「やだやだ、やめて」

嫌なことはしないと言ったのに。亮一はちっともわかっていないようで、

「なんで？」

真顔で訊いてくる。

「はずかし……」

「恥ずかしくなんてない。お前が反応してくれて、すげー嬉しいんだから」

日奈はしぱしぱとまばたきをした。

自分の身体が亮一を喜ばせている。そう思うと、せつなさに似た感情がじんわり湧いてきて、なぜか涙がにじんだ。

亮一の指がショーツにかかる。脱がせようと難儀している。窮屈な生地に苛立つ指先が

熱く湿った箇所をかすめる度、日奈の脚はびくんと震えてしまう。

「力抜けるか?」

腰を持ち上げられ、ついに一糸まとわぬ姿にさせられた。

「怖がらなくていいから」

亮一は日奈の片足を肩にかつぐと、あらわになった割れ目に右手をそわせた。優しく触れて様子をうかがい、そこが充分に蜜をあふれさせているのを確かめた上で、そっと割り開く。ひだが左右に広げられる。

「や……ぁっ、う」

誰にも触れられたことのない無垢な場所に、指が潜り込んでゆく。

身体の表面を撫でられたり吸われたりしているときは、どこを触られても震えが来るほど気持ちがよかったのに、中を探られた途端、得体の知れない感覚に切り替わった。

怖がらなくていい。亮一はそう言ったけれど、緊張してうまく息ができない。

「痛い?」

「わかんない。ちょっと苦しい、かも」

狭いぬかるみに潜った指は、一定以上には進まない。傷つけないよう配慮してくれているのだろう。日奈が初めてだから――亮一はそれを知っているから。

蜜でぬめる入り口を探り、ゆっくりとなじませ、受け容れ準備が整うのを待つ。数値にしたらきっとミリ単位の押し引きを繰り返し、やがてほころんだ壁の間に、すうっと長い指が埋まった。

日奈は深く息を吐いた。同時に亮一も長いため息をついた。

二人の進みたい場所が同じだと確認し合った瞬間だった。ひとつになりたい。

密やかな場所に許した指一本分の質量と圧迫。

指が抜かれ、再び挿し入れられる。緩急をつけた動きが日奈をさらにとろかす。もう苦しくない。指が増やされるのも、三本束ねた指先が奥まで届くのもはっきり感じられた。

じんわりと湧き出す蜜が潤滑剤になり、かき混ぜられて濡れた音を立てる。

亮一が中で指を曲げ、下腹部に近い側を押した。新しい感覚が泡のように生まれ、日奈は大きく喘いだ。

「狭かったけど、だいぶ柔らかくなったな」

知らなかった快感を亮一に教えられて、幸せがこみ上げてくる。

吐息の合間に名前を呼んだ。

「りょ、いちさ…んっ」

大切なひと。

好き――大好き。

言ってしまいたい。喉まで出かかった言葉を止めたのは、唐突に響き渡ったブザー音だった。

何かの警報？　汗ばんだ身体をこわばらせる。

続いて、無粋なノックと声が聞こえた。

「ミスター・トワダ、ご依頼のものをお持ちしました」

バトラーの英語が、甘い空気を急速に冷やしてゆく。

「忘れてた」

「シュノーケル、頼んだんだっけ」

「遅いよな、持ってくるのが。居留守使うか」

「え、それはよくないよ。亮一さん、出てあげて」

舌打ちしかねない苦々しい表情で、亮一がベッドから下りる。ティッシュで指をぬぐうのを横目で見て、いたたまれない気持ちになった。

「お待たせしました。モルディブの海をどうぞお楽しみください」

「どうもありがとう」

にこやかに対応した亮一は、扉を閉めるとぼやいた。

「……待ってねーし」

こんな声初めて聞いた。悪いと思いながらも笑ってしまう。

まさかの邪魔が入ったけれど、もしバトラーが来なかったらどうなっていたんだろう。

「公私混同になるとこだった」

自嘲する声が痛々しく聞こえた。どういう意味、と聞けないまま、日奈は逃げるようにバスルームに身を隠した。

高い位置から注ぐシャワーで、下半身を洗い流す。脚を開くと、ぬるついた粘液が滴ってくる。全て落とすのに時間がかかった。

シャワーを止め、持ってきた水着に腕を通す。後ろの蝶結びも上手にできたと思う。この深緑色だけでなく、鞠絵に強く薦められて買った白い水着もスーツケースには入っている。なんだか下着のようで気恥ずかしく、まだ身につける気にならない。

そもそも日焼け止めを塗ってくれる約束だった。それがあんなことになるなんて。流されるように身体を許してしまった。キスだって一大事なのに、繰り返し与えられ、冷静に受け止める余裕をなくした。とはいえ、脚の間に入れられたのは指だけだし、そういう意味では最後までしたとは言えないのだから深く考えなくてもいいのかしら……ううん、あれは間違いなくそうだった。セ……から始まる密やかな行為。

人間の三大欲求は、食欲と睡眠欲、そして性欲だという。

亮一にもそういう欲があるのを、今まで見ないふりをしてきた。知らず知らずのうちに亮一を誘惑していたのかもしれない。

そのつけが一気に回ったのだとしたら。

亮一にあんなことをさせたのは、自分だ。

水着姿で肌に触れさせるなんて真似は、全力で拒むべきだった。日奈が本気で嫌がったら、亮一も無理強いはしなかっただろう。

でも——嫌じゃなかった。

相手が亮一だから、大好きなひとだから、裸を見せるのも敏感な箇所をいじるのも許した。正直なところ、触られている最中は恐ろしく気持ちがよかったし、後悔はしていないのだった。中断して、もったいないような気持ちすらある。

ただこれからどうすればいいのかわからない。

どんな顔で、亮一に接すればいいんだろう。

好きだと告げるのはおかしいだろうか。身体の隅々まで触られた後に、好きですなんて今更かもしれない。打ち明けるタイミングがわからない。まるで、気持ちよくしてもらったから好きになったのか、みたいな誤解を招きかねない。亮一にふしだらな女だと思われたら泣くに泣けない。

でもこのまま平然としていられる自信もない。旅行が続く限り、逃げ場はないし、日本に帰ったところで亮一を避けて暮らせるわけでもないのだ。

どうしよう。日奈は途方に暮れた。

充満していた湯気が晴れると、頼りない顔をした自分の姿が鏡に映っていた。頬に手で触れる。キスしたとき亮一が包み込んでくれた手の動きを思い出し、真似てみる。

亮一は慣れていた、と思う。無理強いはせず、湿った木片に火をつけるのに似た辛抱強さで日奈を気遣いながら、未知の領域へといざなった。

邪魔さえ入らなければ、今頃は——全部亮一に許していたのは間違いない。それってつまり——大胆な想像に頭がぼうっとした。

バスタオルで全身をくるみ、水気を含んだ髪を絞る。

「日奈？　……日奈」

扉の外から亮一が呼んでいる。

「……はい」

「よし、ぶっ倒れてるわけじゃないな」

「大丈夫」

「シュノーケル、テラスに出しておくから。準備できたら来いよ」

からっと明るい声で言われ、あの濃密な時間は亮一の記憶から消去されてしまったのかもしれないと思う。

余熱を抱えたまま、うじうじと考えている自分に嫌気がさした。

起きてしまったことは起きてしまったこと。対処できるのは、これから起こる事柄だけだ。

バスルームを出ると、テラスへの窓が開いていた。亮一は外にいるようだ。

日焼け止めを塗り足し、お待たせ、と声をかけると、デッキチェアに寝そべった亮一がペットボトルの水を差し出した。

「飲むか？」

「ううん、いい」

「浮輪は？」

「ひどい、また子ども扱いして」

日本ではまず見かけない奇妙な色柄の浮輪を断ると、

「それつけとけ」

救命胴衣と呼ぶにはちゃちな作りのベストを指さして、亮一が言う。

「浮力が働くから、無理に泳ごうとせずに、水面に浮かんで下を見てるだけで楽しめる」

テラスの階段は波に洗われ、チャポ、チャポン、とのんきな音を立てている。

幼い頃、家族でグアムに行って、グラスボートという船に乗ったのを思い出した。床がガラス張りになっていて、水中の魚たちを観察できた。あれと同じことを身ひとつでやるわけだ。

ゴーグルをセットしていざ海に入った。生温かい海水が肌にまとわりつく。

「浅いだろ」

「うん、足着いちゃった」

「見たところ、コテージの近辺は浅瀬が広がってるみたいだな。あんま遠く行くなよ」

「亮一さんは？　泳がないの？」

「俺はいい」

テラスに仁王立ちした亮一はいつもの黒いサングラスではなく、ミラータイプの水中眼鏡をつけている。上半身は裸で、海水パンツ姿だけれど、こんなに浮輪が似合わないひともいない。笑わずにはいられなかった。

「泳げないなら教えてあげるよ」

「そんなわけあるか。ライフセーバーの資格もあるぞ。お前が溺れかけたら助けてやるよ」

軽口を叩き合うと、いつもの二人に戻れたようでほっとした。

大きく息を吸う。

「あ、あの、わたし、嫌じゃなかったから」

「ん？　何？」

「さっきの」

言うだけ言って、水に顔をつける。後は野となれ山となれ、の気分。海に囲まれたこのリゾートの場合、海となれ、かもしれない。

亮一は驚いただろうか。気持ちは伝わったかな。顔色をうかがう間もなく泳ぎ出してしまった自分の意気地のなさを悔やんだけれど、あれが日奈の精一杯だった。抱かれてもいいと思ったこと。他ならぬ亮一だから、という思いを彼がくみ取ってくれればいいのだけれど。

泳ぎ出すとすぐ、透明なゴーグルで区切られた視界をすっと何かが横切った。

銀色の魚。

一瞬で見失ってしまった。

マウスピースをくわえたまま顔を動かしてみると、少し先に同じ種類の小さな魚が数匹泳いでいるのが見えた。

あっちに行ってみよう。

足に力を込めて水をかく。息継ぎの必要がないから、姿勢を保ったまま進みたい方向に進める。

深さが増し、水底が砂ではなくなった。珊瑚が現れ始める。

日奈はただ魚を追った。水中カメラを持っていたならばシャッターチャンスの連続だ。最初に見た銀色の魚の他にも青や黄色、黒い模様のある魚がいて、バリエーションに目を奪われる。

珊瑚の入り組んだ縁に魚たちの姿が見え隠れする。出たり入ったり、大自然のマンションという感じだ。飽きずに眺めているうち、個体識別は無理でも、なんだか愛らしく思えてきた。

この魚は何を考えているんだろう。

悩みはある？　好きな相手に好きだと言えずに悶々とすることは？　必ず自分と同じ種類の魚を好きになる？　違う種類の魚に惹かれてしまうことはないの？

日奈のことなど振り向きもせず、魚たちは自由に動き回る。

少し水の温度が低くなったな、と思ったそのとき。

手を引かれた。見えなくても確信できる、それが亮一の手だと。

（泳がないって言ってたのに、どうして……？）

有無を言わさず浮輪をつかまされる。顔が水面上に出た。

「遠くに行くなって言っただろ」

水中世界に慣れた耳が久々に浴びた人間の言葉はとげとげしくて、鼻の奥がつんとした。マウスピースを吐き出すと、唾液が糸を引いた。恥ずかしい。

胴衣のせいで立ち泳ぎの姿勢を取るのが難しいが、浮輪を頼り、ベストの紐をゆるめて見回すと、はるかかなたにコテージ群があった。百メートルくらい離れている気がする。

日奈と亮一の他に誰もいない青い海。

いつの間にこんな沖合まで来てしまったのか、我ながらびっくりだ。亮一が怒るのも無理はない。

「お前ってほんと」

亮一は言いかけて、言葉を止めた。無鉄砲だな、あるいは、ひとの言うこと聞いてないな、とぼやきたかったに違いない。

「引っ張ってやるから」

「ありがと」

亮一の誘導でコテージに戻る。

陽射しを遮るものは何もなく、波をかぶる亮一の肩が日焼けするんじゃないか心配になる。でも口にしたら、「俺の心配してる場合かよ」と叱られそうなので黙っていた。

亮一の中で何かが変わったらしい。

日奈に触れなくなった。島を散策するときも、手を添えることなく、近くを歩くだけだ。

あの時間は確かに存在したのに、日奈の記憶の中にだけ閉じ込められてしまった。

もう一度、同じ状況に持っていくため、背中に日焼け止めを塗ってくれないか頼んでみたけれど、返ってきたのは「自分でできるだろう」とすげない答え。

避けられているのかと思うと苦しくて、息をするのもつらい。

どきどきしながら白いビキニを披露するも、不発に終わった。もしかして大人っぽい黒とか紫が好みなんだろうか……と無駄に考えを巡らせてしまう。

デッキチェアでごろごろしていると、布の塊をかけられた。

「テラスでは着とけ」

「何？」

「パレオ。日焼け予防にもなる」

「どうしたの、これ」

「ショップで売ってた」

常に一緒に行動しているのに、いつの間に買い求めたのやら。

広げると、白地に細い葉や色とりどりの花をあしらった柄は上品で、緑色と白、どちらの水着にも合いそうだった。

「素敵……。センスいいね」

「俺が染めたわけじゃない」

「わかってますよーだ」

淑女たるもの下半身を覆っておけ、という意図のようだ。水辺のリゾートなのだし、水着姿でいるのが不謹慎とは思えないけれど、おとなしく従った。

ちょっとした気遣いに嬉しくなってしまったのは事実だ。

どうすれば亮一にまた触れてもらえるのだろう。

必ず手の届くところにいる、その約束こそ守られているけれど、あくまでボディガードの義務を果たしているだけだと態度でわかる。そっけなさが日奈を傷つける。

肩を抱き寄せてほしいとは言わない、せめて手をつなぎたい。ぎゅっと握るのが嫌なら、指と指を軽く引っかけるだけでもいいから。

ささやかな願いはかなえられることなく、日奈は無理に笑顔を作った。日奈が笑えば、亮一も笑ってくれる。二人暮らしで育んだ法則が、まだ有効だと信じたかった。

夕刻、キャンドルの灯りがゆらめくテラスでディナーを平らげた後、亮一に話しかける。

「会社のひとたちにお土産を買いたいの。ショップってまだ開いてる時間？」

「あと一時間弱だな。早めに行った方がいい」

「うん」

ウッドデッキを渡って、島内に急いだ。顔なじみの現地スタッフが照れくさそうに、ゴミ袋をかついで立ち去る。

本棟に入ると、フロントに父がいた。スタッフと何か話しているところだったので、目配せだけ交わし、地下の店に向かう。

「本棟の二階から上は客室になってて、宿泊料もコテージよりは安いんだって」

「でもコテージがよかったんだろ?」

「うん。窓を開けたらすぐ海!　っていうシチュエーションを味わってみたかった」

「存分に味わえたか?」

「大満足」

土産物屋と雑貨屋を兼ねた店内にはぎっしり商品が並べられ、迷っていたらすぐに時間が経ちそうだ。

日奈たちの他にも日本人のカップル客がいて、仲良さそうに棚の商品を選んでいる。

亮一が黙ってかごを手に取った。

「亮一さんはお土産買って帰りたいひといないの?」

訊ねてから、しまった、と思った。亮一は家族の話をしない。それこそ頑なに避けている感じで、母親を喪った日奈とはまた違う過去を抱えているのかもしれなかった。特別に連絡を取る存在の気配も感じられないし、贈り物をし合う間柄のひとがいないのかもしれない。だからこそ偽装夫婦なんて無茶にも応じてくれたのだろうけれど。

「自分に買ってく」

「うん」

わたしが本当の家族になれたら、と思った。何もかもを話してくれなくてもいいから、素顔を見せたくないならそれでもかまわないから、ただ笑っていてほしい。

「どうした。ぼーっとして」

「あ、何人分必要か考えてた」

モルディブにはこれといった特産品はないと聞いていたが、意外にもかわいらしい小皿や、箸置きに仕えそうな小物がたくさん置いてあった。

「九十……百個あれば足りるかな」

「結構いるんだな」

「フロア全体だとそのくらいになるのよね」

海辺の写真をパッケージにあしらった、いかにも新婚旅行土産としてご用意しました！という感じの箱詰めのチョコレートをいくつかかごに入れる。オフィスで配るものだから、贅沢をいえば個包装されていると便利なのだけれど、中を確認することはできなかった。

「あ、これかわいい」

小分けになったスパイスのセットを選ぶ。鞠絵と自分のためにふたつ。

亮一はと見れば、紅茶の小箱を手に取り、

「スリランカの紅茶、ここで出してる銘柄らしい」と、かごに入れた。

初めて二人で買い物に行ったときを思い出す。これから二人で生活を作っていくんだという覚悟、なんて大層なものはなく、舞い上がっていたあの日の自分。

まさか海外旅行に来ちゃうなんてね……。

今回が最後とは思いたくないが、次の機会があると楽観視はできない。何か記念になるものが欲しい。亮一とおそろいにしたい。

漆の器、ピアス、ビーチサンダル、順番に見ていった日奈の目を釘づけにしたのは、魚をモチーフにしたキーホルダーだった。

「これ買ってもいい？」

「いいも悪いもないだろうが」

「亮一さんとわたしと一個ずつ。どの色がいいかなぁ？」

「好きなの選べば？」

「おそろいがよくない？」

「……んー」

「あ、この黄色いの、見た見た。しっぽもこんな形だった。でも、こっちの青いのも綺麗だし……いかにも熱帯魚って感じだよね。こんな赤い魚は見なかったよ」

「じゃ、これ」

亮一が手に取ったのは黄色のキーホルダーだった。手作りらしく、よく見ると目の大きさや位置がひとつひとつ違う。単純な造形なのに個性が生まれるのはおもしろい。

「とぼけた顔してる。かわいい」

「こっちは気が強そうだな」

「あ、こういう顔文字ってあるよね」

それぞれお気に入りの顔を選び、支払いは日奈のカードで済ませた。

「部屋まで商品を運びましょうか」と気を回すスタッフに、自分たちで持っていくと答え、店を出た。荷物は全部で四つになり、亮一だけでなく日奈も両手に手提げ袋を抱えた。

ちょうどエレベーターが地下フロアに停まっている。「乗ってくか」と訊かれてうなずいた。

乗り込んで「G」のボタンを押す。静かにエレベーターの扉が閉まった。

「スーツケースに全部収まるかなぁ」

「無理なら別送すればいい」

「キャリーバッグ買っちゃおうかな。小さめの」

突然、何の予兆もなく照明が消えた。

「何⁉　どうして消えたの？　故障？」

「停電かな」

「やだ……っ」

「復帰したら動くだろう」

外からの光は全く入ってこない。廊下には非常灯が設置されているに違いないけれど、狭い箱の中に光源はひとつもなかった。コテージの夜よりも濃い完全な闇に突如閉じ込められ、何も見えず、日奈の脈はこれ以上ないほど速くなった。どうしよう。どうなるの？

自分の身体さえもあやふやだ。普段意識している自分という感覚は、手足を動かし、その動きを目で見ているからこそ保てるのかもしれない。視覚が閉ざされた今、どこからどこまでが自分で、どんな形をしているのか描くこともできない。

もし日本に帰れなかったら——買ったばかりのチョコレートを非常食にして、数日はしのげる——でもトイレは？　その前に酸素が足りなくなったら？　前に新聞で、スキー場のリフトに宙づりになったひとたちの記事を見たけれど、それよりはましかも。寒くもないし、床は水平だし。でもこんなに狭い。思考はあちこちに飛び、日奈の神経を疲弊させる。

ふっと光がともったと思えば、亮一がスマートフォンを操作していた。そうだ、文明の利器があるのを忘れていた。すぐに助けが来る。

ほっとしたのもつかの間、亮一が告げたのは絶望的な現実だった。

「通じないな」

「電波が弱いってこと？」

「おそらくそうだろう」

懐中電灯代わりのスマートフォンを頭上に掲げ、亮一はエレベーターの壁や天井を調べ始めた。ほんのわずかな明かりが今は救いの光だ。

非常通報ボタンを押し、通話を試みるも応答はなかった。大規模な停電なのかもしれない。島の発電施設が壊滅的ダメージを受けるような惨事が起こったのかもしれない。

このまま出られなかったら。誰かが助けにきてくれる前に、酸欠になってしまったら。

もともとこのリゾートを建てたのは地元の会社だと聞いている。日本の資本でリニューアルがなされている真っ最中だ。父が任されたリゾートでそんな事故が起こるわけがない。落ち着かなくてはと思っても、想像は悪い方悪い方へ向かう。

「父は……どうしてるんだろう」

「……」

気休めを言わないつもりなのか、亮一の返事はない。

日奈は両手に持っていた手提げ袋を床に置いた。ずっと握っていたせいで、指先がしびれ、こわばっている。

手探りで扉に触れ、左右にこじ開けようと試みた。

「危ない、怪我するぞ」

「だって」

力を込める。一ミリの隙間も生まれない。

「やめとけ。地下とグランドフロアの間で停まってるんだろう。扉が開いたところで、通路に出られなかったら意味がない」

「どうすればいいの」

「もう少しってどのくらい。訊ね返すことはしなかった。亮一だって答えられないだろうから。五分、十分……この時間があとどれだけ続くのか、気が変になりそうだ。

不安は際限なく湧いてくる。社内のセミナーで『座禅体験』を受けておくんだった、と悔やんだ。

「静かだな」

もうこの世に、自分と亮一以外の人間が生き残っていないのではないか、とまで思う。ここで地球最後の日を迎えてもいいなんて口走ったのは、最初の夜だったっけ。いざというとき、パニックになってしまう自分は弱い。

壁にもたれ、ずるずるとしゃがみ込む。

非常通報を中断した亮一が、同じように姿勢を低くして寄り添ってくれる。

肘が触れた。右隣に温かな存在感。

「甘えてもいい？」

「ん？」

「手。つないで」

携帯の灯りだけが頼りの薄闇の中で、亮一の手はしっかりと日奈の手をとらえた。

力強く確かな手。

亮一の体温を感じるだけで、呼吸が少し楽になる。

「手、ちょっと冷たいね」

「初めての状況だからな……少し怖い」

「亮一さんでも怖いことあるんだ？」

「お前を守れなかったらと思うのが、怖い」

ぐっと胸の底がせり上がる感覚をやり過ごし、日奈は細く息を吐いた。

亮一が自信を失いかけている。それだけ状況が厳しいという意味かもしれないけれど、こんな風に弱さを見せてくれたのは初めてで、嬉しくて、せつない。

彼に頼るだけのお荷物になりたくない。彼に心配をかけたくない。

……このひとを不安にさせない。

日奈の中に勇気が宿った。大丈夫、必ず助かる。どうにかなる。きっと今頃、原因が解明され、復旧作業が行われている。二人で日本に帰る。来週には会社に行って、旅行中こんなことがあったよ、と鞠絵にお土産話をするんだ。

「安心して。守れないことなんてないよ」

「……」

「ちゃんと守られてあげる」

だって亮一さんは最強のボディガードで、わたしは多分、最高に運のいいお嬢様なんだから。

「携帯の電源、切ってもいいよ。暗くても大丈夫」

「いや、つけておこう」

亮一は優しい目をしていた。え――どういうこと？

初めて見る横顔は、眉から鼻梁、唇、顎まで鋭く綺麗な稜線を描いていた。

あれほど隠していた素顔を見せる気になったなんて。どういう心境の変化だろう？

まじまじと観察していると、亮一が居心地悪そうに言った。

「サングラスかける必要ないほど暗いからな」

「暗視機能が搭載されてたらよかったのにね」

「あいにく透視しかできない旧式だ」

「……変態おじさん」

「傷つくぞ」

「だってやらしい目で見るんだもん」

「この目のどこがやらしいんだよ。純粋そのものだろ？」

「にたにたしてるじゃない」

「まだおじさんって呼ばれる年じゃない」

状況に不似合いな会話を続けながら、ああ、でもこういうのが自分たちらしさかもしれないと思う。対等で、他人から見たらきっと馬鹿みたいで、笑いが絶えなくて。

まだ見慣れない素顔は、なぜか懐かしい。

この顔を知っている。見たことがある。どこで？　昔？　ボディガード契約より前に出会っていた？

非常事態だから、死ぬ前に見えるという走馬灯のように、脳が勝手なまぼろしを作り上げている？

十和田亮一。名前に聞き覚えはなかった。でも、この笑顔、このまなざしは確かに――。

記憶を精査し、答えにたどり着く。

日奈は自分の右手を包む亮一の左手の上に、もう片方の手を重ねた。

「会ったことあるよね、わたしたち」

「日奈」

「パーティーの庭でぐるぐる回って寝そべったの。もう忘れちゃったかもしれないけれど、五月で、風見鶏がついている建物が見えて」

「……思い出したか」

「え？」

「こっちはわかってた、最初から。あのときのお嬢様だって」

日奈は亮一の手をぱっと放した。

「なっ……なんで。気づいてたなら教えてくれればいいのに！」

「お前は忘れてるだろうと思ってた」

「それならなおさら、顔を隠す必要ある？」

「万一憶えてたら、正体が知れる。お前は嫌がると思った」

「どうして。あのときの子がわたしを守ってくれるなんてすごいことなのに」

「結婚には乗り気じゃなかったろ」

「え、どういうこと？」

「父上から相談されたんだよ。お前の父上と俺の父親は昔からつき合いがあってさ、俺たちを結婚させたいと前から考えてた。いわゆる許婚だな。でも日奈が仕事に夢中でそんな気はなさそうだって」

「だって、許婚って……勝手に親が決めるなんて」

断固拒否の姿勢で、父に背を向けた記憶がよみがえる。確か暴言もたくさん吐いた。

「反抗したくなる気持ちも、まぁわかる。俺も仕事は楽しかったし、急ぐつもりはなかった。そしたらちょうど……って言ったらあれだけど、不審な手紙に悩まされてるって聞いた。俺としては、ただお前を守れればいいと思った。それが、この仕事を選んだ俺にできることだから。二人で暮らすっていう案を出したのは父上だよ。身辺警護と同時に偽装結婚の形を取るなら、お前の気持ちを逆撫でしないだろうって」

「お父様、ひどい……。最初から仕組んでたなんて」

「まぁそう怒るなよ……って俺が言っても効果ないな」

「それで亮一さんは何者なの？　警備会社のボディガードっていうのは嘘？」

「嘘じゃない。正確に言うなら、父親が経営する会社の警備部門を独立させることになって、子会社を任されたのが俺。別のスタッフを派遣するより俺がついた方がいいだろうって判断も、私情とは関係ない」

つまりボディガードとしての実力はある、という宣言で。

「前にくれた名刺は……」

「あれは偽物。自分で作った」

本当の社名を名乗ると、亮一は頭を下げた。

洗練された動作も、妙に父が気を許していた理由も、種明かしされた後は腑に落ちる。父の友人の子息で、経済界のサラブレッドだったなら。

納得できないのは、この結婚計画で当事者のはずの自分が蚊帳の外だったこと。みんなに子ども扱いされていたなんて。

「いろいろ急に明かされて、頭が混乱してる」

「ごめんな、黙ってて」

「『初めまして』みたいな態度を取るのはずるい。すっかりだまされた」

「まぁ実際、お前も変わったよな。やんちゃで愛らしいガキんちょだったのが、どこに出しても恥ずかしくない立派なレディに育って、父上は感無量だろ」

「お父様に文句言わなきゃ」

「その元気があれば大丈夫だな。ここを出たら思う存分言えるぞ」

亮一の目に宿った淡い光が日奈に安らぎをくれる。一緒にいれば大丈夫と思える。

肩を寄せ合って、四角い暗がりの中で二人。

二十年前は、お互い親に連れられてきた子ども同士だった。

あのときあなたに恋をした。初恋だったのだと告げたら、亮一は何と答えるだろう。

ずっと会いたかった。また会える日を夢見ていた。その夢がもう叶っていたなんて。

許婚だと知らず、同じひとに二回恋をした。それはとても幸せなことだと思う。

穏やかな静寂を破る、ピーという電子音が聞こえ、二人は顔を見合わせた。

「誰かいますか。すぐ開けますので、耐えていてください」

警備室とつながったらしい。癖のある発音の英語が聞こえ、まばたきのように照明がついた。

立ち上がる。よかった、世界が滅亡していなくて。

鞠絵への報告がまた増えたことは確かだ。東京大神宮のお守りはやっぱり効果絶大だよ、と。そしてどんなお守りよりも、日奈にとっては亮一の存在が心を強くしてくれるのだと。


停電の原因は、新しい配電設備への切り替え時のミスだったらしい。これ以上ないほど丁重なお詫びをちょうだいした。

父親にももちろん直接文句を言うつもりで面会を求めたのだけれど、忙しくて時間を取れないとのことだった。日奈たち以外にも閉じ込められたリ、不便な思いをした客がいたのかもしれない。顧客への対応を指示したり、同じような障害が他に起こる可能性がないか調べたり、再発防止策を練ったり、やるべきことは山積みだろう。

「仕事じゃしょうがない」

「うん、まぁね」

部屋に備えつけの便箋を使ってメモを残した。

『亮一さんに全部聞いた。お父様ってお芝居うまいのね！』

「嫌みか」と、亮一が笑う。

「あんなに演技力が高いなんて知らなかった。長年一緒に暮らしてても、わからないことってあるのね」

「そうだな」

二十年前、日奈があの少年に恋をしたことを両親に打ち明けていたら、その後の展開は変わっていたかもしれない。すんなり結婚話が進んでいたとも考えられる。

回り道をしたようでも、最終的に好きなひとと会えたなら、運命に感謝しないとね。そんな風に思う日奈だった。


旅の残りは、天気に恵まれた。

海で遊び尽くし、半屋外のスパでアロママッサージを受け、あっという間に帰国前日となった。

「あー、どうしよう入らない。お土産買いすぎたぁ」

土産物や衣類をスーツケースの中であちこちと動かしてパッキングする。どこをどう詰めても収まらない。

亮一は「身体が鈍ったらいけないからな」と言って朝晩恒例の逆立ちをしている。家に帰ったらまた天井からぶら下がるつもりだろう。

「ねえ、亮一さんの方はまだ余裕あるよね？　わたしの荷物、お邪魔させてくれない？」

「俺のスーツケース、ガタが来てるんだ。だから壊れ物とかは預かれない」

「チョコは？」

「チョコくらいなら平気。そういえば小腹が減ったな」

「ルームサービス取る？　それとも何か買ってくる？」

荷造りは中断。一休みすることにした。

室内に置いてある施設説明のファイルをめくり、ページに目を落とす。

逆立ちをやめた亮一がソファに近づいてきて隣に座った。相変わらずサングラスはかけたまま。

「フルーツは食べ飽きたでしょ～……しょっぱいものの方がよくない？　ピザは、ほら、三種類あるよ」

「んーどうするかな」

隣に感じる亮一の体温が心地いい。しっかりした肩に寄りかかる。

常夏の夜は今日で最後。旅の終わりが近づいている。

日本に戻る前にもう一度、同じベッドで眠る機会はあるかな。

経験や知識に乏しい日奈は、女性の側からお誘いする方法なんて思いつかないし、そういう展開に持ち込むスキルもない。亮一がその気になってくれるのを待つだけだ。

ふう、と亮一が息を吐いた。

「お前、俺のこと好きなんだな」

質問ではなく、そこにある事実を読み上げるようなしみじみした声だった。

なぁんだ、ばれちゃったのか。でも今更気づくなんて遅い。こらえようとしても、肩が震えてしまう。

「どうして泣く。笑ってんのか……？」

両方、と日奈は答える。泣きながら笑い、笑いながら涙がこぼれる。

「こっちはずっと想ってたのに……全然気づいてくれないんだもん。サイボーグかと思った」

「サイボーグは人間の心がないわけじゃないぞ。っていうか、お前の方が鈍感だと思うけど」

「えー、ひどい」

「気づいてないだろうけど、俺は海よりも深く反省してんだよ」

「さっき、デザートのタルト、わたしが欲しいって言ったのに全部食べちゃったから？」

「違うし。つか、食い物の話ばっかりしてんなよ。俺はだな、お前を大切にしたいって言ってんの」

「うん」

「うん、って……ほんとにわかってるのか？」

「わかってる。何を犠牲にしてもお仕事第一でしょ」

「だからそういう意味じゃなくてだな」

亮一が言葉を切り、すっと険しい顔になる。

「お前を守るべき俺が……俺自身が、お前に危害を加えようとしたんだ。とんでもないことだ」

「危害……？」

「抑えきれなくて、お前を抱きそうになった」

「それのどこがとんでもないの？　わたしは嫌じゃなかった。警護対象じゃなくて、一人の女性として見てほしい」

日奈は精一杯の言葉で亮一に迫る。

あの少年が亮一だったと知って、初恋を終わらせなくてもよくなった。もっと、二人でしかできないことをしたい。

「お嬢様は性教育もまともに受けてないのか……？」

「え？」

亮一は言いにくそうに口ごもる。あのな、と目をそらした。

「何の用意もしてなかっただろーが。俺は不特定多数と関係持ったことはねーけど、それでもお前にとったらリスクあるだろ。子どもができたらどうすんだって話も」

「子ども……」

あ、今わたし、まさに自分が子どもみたいな顔をしている、と日奈は思う。

数秒遅れて、顔が熱くなった。

「あのときはどうして……」

「だから、制御が飛んだんだよ。自制心には自信あったんだけどな、お前に触れたらどっか行った。言い訳にもなんねーけど、お前、無防備で色っぽすぎるから、危うく暴走しかけた。身を守る必要ってのをお前に教えたのは俺なのに、言ってることとやってることが違うだろうって」

唇をゆがめて自嘲する亮一が、日奈を甘苦しい気分にさせる。

「わたしのこと、嫌になったわけじゃないんだよね」

「違う。何度も言わせんなって」

「え、一度も言ってもらってないよ？」

じっと見つめると、亮一が観念したようにサングラスを外した。視線が、合う。

「……好きだ」

その一言が日奈の中で嵐になる。

好きだ、好きだ、好きだ……反芻（はんすう）する頭の中にエコーがかかる。ありがとうございます、と神様に感謝した。今日まで生きてきてよかった……両想いがこんなに素敵なものだなんて……！

日本に戻って、用意さえすれば今度こそちゃんと抱いてくれるのだ。途端に待ち遠しくなる自分は、ちょっとはしたないかも。

「ねぇ、いつから？」

「ん？」

「いつからわたしのこと好きだった？　結婚してもいいって思ってたんだよね？」

「内緒」

「えー、ケチ。言っとくけど、わたしはね、あの庭で会ったときからずっと好きだったんだからね」

「ガキんちょに惚れられてもなー」

「もう。いい女に育ったんだから大正解でしょ」

「自分で言うか」

触れるだけの軽いキス。

今はこれで我慢。

二十年分の思慕と、この三ヶ月で急速に育った想い、ふたつが合わさってひとつの答えになる。

思い出を積み重ねて、終わらない初恋を続けていくこと。


出国前、父親が顔を見せてくれた。疲れた様子だった。

「大変な思いをさせて悪かったな」

「ううん、かえって悪かったみたい。スタッフの方、すごく恐縮していらして」

時間が経過したからか、父を責める気持ちは風船のようにしぼんでおり、当たり障りのない話をした。本気で亮一を好きになったことも、亮一から好きだと言われたことも隠しておきたい。父だって、ずいぶん長い間、日奈に隠し事をしていたのだから。

「じゃ、元気でやりなさい」

「お父様もね」

父は亮一を見ると、大きくうなずいた。

帰りの飛行機で、楽しみにしていた映画を観た。

毛布の下に亮一の手が忍び込んできて日奈の手を包む。好き、と握り返せば、好きだ、と答える。こっそりつなぐ手は秘密の交信めいて、コテージに二人でいるときとはまた違うときめきをもたらす。

のんびり休む目的で来た旅で、目まぐるしくいろいろなことが起こった。きっとこの先も思い返すだろう。

「眠くなっちゃった」

「もたれとけ」

亮一の肩に頭をもたれさせる。

いつの間にか眠りに落ちて、成田到着までの時間が一瞬で過ぎた。目を開ければ、隣にはリラックスした寝顔がある。起きて、と言う代わりに、頬にキスをした。

一生に一度となる（のかどうかはわからないけれど、そうであってほしい）ハネムーンはそんな風に幕を閉じた。

4　運命はずっと隣で

気持ちは確かめ合ったわけだし、日本に帰ったらいざ、恋人らしい行為に挑む――。

そう意気込んでいたものの、帰国した晩も翌日もそういう雰囲気にはならなかった。食事は一緒に取っても、眠るときは別。普段通りの生活が戻ってきただけだ。

あれ、こんなはずじゃ……と拍子抜けした。でも、時差を戻すのに専念できるのはありがたくもあった。何しろ身体がふわふわしていたのだ。

休み明けに出社してお土産を配っていると、白木先輩が話しかけてきた。

「お嬢様、ハネムーンはどうだった？」

他の男性社員たちも興味津々といった様子で耳をそばだてているのがわかる。

独身女性に対しては遠慮がちなのに、既婚になった途端に（正確にはまだ戸籍変更の届けは出していないけれど）何を聞いてもいいという風潮になるんだなと思った。以前、既婚者の先輩が「子ども作る予定とか聞かれるの本当嫌だわ」とぼやいていたのを思い出す。

「お休みをいただいたおかげで、リフレッシュできました。ありがとうございます」

「優等生的答え！　ノロケとか大歓迎だよ？　南国の夜の熱い熱い詳細聞かせてよ」

「それはお断りさせてください」

白木イエローカード、と部長から突っ込みが入る。

「話したら減っちゃうわけ?」

「減ります」

「こちとら潤い不足なのに……。成田離婚の呪いかけてやる」

「もう遅いですよ」

お前たち仲がいいなあ、と課長が先輩の肩を叩いて通り過ぎる。

結婚発表ではなく婚約にとどめておけばよかったと今更ながら後悔した。もちろんその場合は、婚約者と同棲している事情をおもしろ半分に噂されるだろう。上品な社風ではあるけれど、誰と誰がくっついたとか別れたという話題がささやかれて耳に入ってくることは多い。他人の人生の中にほころびを見つけるのが好きな輩は少なからずいるのだ。

「先輩、仕事に戻りましょう」

「あーあ。俺のハニーはどこにいるのかなぁ」

「真面目にがんばってたら、きっと会えますよ」

「ホント?　なんか宮園さん、結婚して一皮むけた感あるよね」

「また適当なこと言ってますね」

休暇中に溜まったメールを一通ずつ開くと、中に鞠絵からのメールもあり、業務終了後に会おうという誘いだった。

もちろんOKの返信をすると、亮一には『今晩、夕食は鞠絵ちゃんと食べます』と連絡を入れる。すぐに『了解』と短い返信が来た。

びっくりすることがあったの、と日奈が切り出すと、鞠絵は待ってましたとばかりの反応を見せた。

「ギャングとの銃撃戦？　インド洋ドキドキ大作戦？　ボディガードが身を挺して守ってくれた？」

「現実ではそんなこと起こらないから。滅多に」

「まぁそうだけど。じゃ、何？　テロリストの人質になった日奈を救い出してくれたとか？」

「鞠絵ちゃん、想像がたくましすぎるよ……」

「だって、びっくりすることって言うから。もったいぶらずに教えてよ」

「実はね……あ、ちょっと待って」

話し始める前にもう一度、亮一の姿がないか見回した。

店の客層は女性が多めで、食事をしているひとたちの中にそれらしき人物は見当たらない。フロアで給仕するスタッフも本物のようだが、油断は禁物。厨房に潜んでいるかもしれない。見え隠れするシェフ帽を凝視し、似た体格のシェフがいないことを確かめた。

「いないと思うよ」

「甘いわ、鞠絵ちゃん。亮一さんが本気で擬態したら、女のひとにだって、このテーブルにだって化けられるんだから」

「テーブルクロスが黒くて簡単に見破れると思う。あと女は無理でしょ、さすがに」

「できるの。声まで変わるんだから」

「カメレオン？」

「カメレオンよりすごいかもしれない」

亮一が初恋の相手で、許婚だったことを告げると、鞠絵はフォークを取り落とした。銃撃戦やテロリストとの攻防に勝る驚きだったらしい。

「え～嘘でしょ、信じられない」

「わたしもまだ信じられない感じ」

「日奈パパも策士だなぁ。日奈が結婚に前向きじゃなかったから、ボディガードという形で連れてきてくっつけようとしたわけ？」

「多分……」

「再会した瞬間には何とも思わなかったの？」

「サングラス外してくれなかったし、昔の話はあまりしなかったから。でも今から考えれば、無意識のどこかで勘づいていたのかも。夢の中で、亮一さんが初恋のひとと重なったことがあったの」

「ほほう、ユング先生に報告だね、それは」

ただ一度会った少年を忘れられなかったこと。

親が選んだ相手で、仕組まれた関係とはいえ、また会えたこと。……そして。

お互い好きになった。

初恋は夢見るばかりの片想いだったから、好きになった相手が同じように好きになってくれる状況を想像していなかった。これからどうなるのか、どうするべきか。基本的には、年長者である亮一に任せればいいのだろうけれど……告白の先の道のりが見えない。

「こんなこと言うのはとても恥ずかしいんだけど」

「何でも言って。どーんと受け止めてあげる」

「わたしたち、まだ本当の夫婦になってないの」

「……それは、いわゆる比喩的な？　それとも民法上？」

「……どっちも……」

「日奈パパが乗り気なのに、一体どうして？　十二年に一度の、最高のお日柄を待ってるわけでもないでしょうに」

「偽装結婚のつもりだったんだもの。あ、鞠絵ちゃんに話してなかったことがもうひとつあって……わたし、いわゆるストーカーっていうのかな、ちょっとおかしなひとに狙われてて、ちょうど父が海外に行くことになって、それで亮一さんが雇われたの。最初は不審者をだますために夫婦のふりをしてて……」

鞠絵は大きなまばたきをすると、グラスワインを飲み干した。

「あ、お代わりください、同じの」

店員に追加注文をして、日奈に向き直る。

「確認しておきたいんだけど、そのストーカーはどうなったの。もう大丈夫？」

「うん。警察が捕まえてくれた」

「そっか……日奈には何を言われても受け止める自信あったけど、さすがにびっくりだわ。話が二重三重にややこしくて、想像を超えてた」

「黙っててごめんなさい」

「それはいいよ。大事なのは二人の気持ちだし。旦那さんは、あ、便宜上そう呼ぶけどいいよね、日奈のことどう思ってるって？」

「好きだって……言ってくれた」

思い出すと、また顔がほてる。

鞠絵は新しく運ばれてきたグラスに口をつけ、一気に半分ほど飲んだ。

「あのひと、相当前から日奈のこと好きだったと思うよ」

「えっ？」

「尋常じゃない過保護っぷりだったもん。許婚だったんだね。なのにちゃんと結婚するんじゃなくて、夫婦のふりをすることになったなら、ごちそうが目の前にあるのに手が出せない、みたいな状態になっちゃったんじゃない？」

「そう、なのかな……」

「日奈の気持ちは？」

「……俺のこと好きなんだな、って言い当てられちゃった。自分でも気づいたばかりなのに」

「ダダ漏れだったわけね」

「あの男の子だったんだってわかったから、『ずっと好きだった』ってちゃんと言ったよ」

「偉い偉い、がんばった。……で、まさかの親公認で、お互い好き好きアピールして、そこまで確かめ合っておきながら、どうして温存したまま日本に帰ってきたのよ。今どき中学生だってそんな清いお泊まり旅行しないよ」

「それは、亮一さんがわたしを気遣ってくれて……あの、そういう雰囲気にはなりかけたんだけど……」

「だけど？」

「ちゃんと、用意を……整えてから、って」

しどろもどろになる日奈に、「あーもうわかった」と鞠絵が言った。

「現代によみがえった侍だね。鋼(はがね)の自制心の持ち主」

「わたしが水着を着てふらふらしたせいで、揺らいだらしいんだけど。旅行から帰ってきてからもばたばたしてたから、多分、今夜あたりそろそろなのかなって……」

「日奈、飲んでる場合じゃないわ。焦らすにもほどがある。速攻帰るべき」

「でも鞠絵ちゃんには聞いてほしかったし……。本当に亮一さんがわたしを好きでいてくれるのか、旅先の勢いで出た言葉かもって疑っちゃうのも確かだし……」

「信じられないの？」

「信じたいけれど……。何かアドバイスもらえない？」

「アドバイス？　当たって砕けろ以外にあるかな」

「砕けたくない……」

「大丈夫だって。任せとけば」

親友の声は優しかった。

「でも初めてだから、せめてがっかりされないように、こう、準備しておいたらいいこととか教えてほしいの」

「あのね、初めてなんて誰にとっても一回きりで、他人の助言は当てにならないよ。他の誰かを参考になんてしないで、自分の感性で受け止めるべきだと思う。その方が相手に対して誠実なんじゃないかな。怖いだろうし、知識入れておきたいのはわかるけど」

日奈は唾を呑んだ。確かに、触れてほしいと思う一方で、ひるむ自分がいる。

「素直になれば大丈夫。多分男は、女が素直でいるのが一番嬉しいんだと思うよ」

「よくわからないけど……鞠絵ちゃんが言うならそうする」

鞠絵と話しているうちに、どれだけ自分が大切にされているのか、守られているのか痛感した。

頑固で、秘密主義で、自制心の塊。黒ずくめのボディガードは、いつだって日奈の不安を取り除いてくれる。

「あ、そうだ、日奈パパは知ってたの？」

「何を？」

「あの侍が実は初恋の君だったこと」

「知らないと思う……なんかくやしいから言わないでおく。そもそも父が何を考えてたのかよくわからないし」

「きっとあちらも、娘が何を考えてるかさっぱりわからないって思ってるよ」

「そういうもの？」

「そういうもの。いい年した娘と男親がわかり合ってたらむしろ気持ち悪いって。日奈、ちょっと気が早いけど、二人が結ばれるのは間違いないんだから、言わせて」

鞠絵が椅子に座り直し、改まって手を膝に置いた。

日奈も居住まいを正す。

「おめでとう。初恋のひとが旦那様になるなんて、これ以上ないほど幸せなことだよ。正直うらやましいけど、日奈にはそういう幸せな結末が似合ってる」

「大神宮のお守りも力を貸してくれたんだと思う」

「いいな、あたしもそろそろ運命のひとと出会いた〜い」

「絶対に会えるよ」

親友は困った顔で笑った。

「神様に後回しにされてるんだ、きっと。あ、お代わりくださーい」

飲んで食べて笑って、『もうすぐ帰ります。タクシー予定』と亮一にメールを送った後、会計を終えて店を出る。

「あー！　カメレオンさんだー。こんばんはー！」

「え……？　え、どうして⁉」

軒先に亮一が立っていた。まさかずっとここにいたの？

どういうこと、と訊ねる前に、鞠絵が亮一に話しかける。

「長時間奥さんをお借りして、すみませんでした～。また今度、遊びにいきましょー」

「ぜひ。ところで、相当酔っておられるようです。ご自宅まで車でお送りしましょう」

「いいんですかぁ？　歩こうと思えば歩けますけど……日奈、いいのー？」

知らないひとを乗せるわけでもないし、断る理由はない。

「うん、もちろん。乗ってって。時間も遅いし」

「お邪魔しまーす。よろしくお願いしまーす。あ、日奈は助手席でしょ、あたしに構わずどーぞ」

ベルトをしてね、と日奈が言う前に鞠絵はシートベルトを着け、くつろいでいた。

「気持ち悪くない？」

「へーきへーき。もう楽しくて最高」

女同士の話は、好きなひとにも知られたくない話題が満載だ。鞠絵が余計なことを言わなきゃいいけれど、と心配していたが、車が動き出すなり、鞠絵は眠ってしまった。確かお姉さんと同居しているはず。以前に聞いた住所をカーナビに登録する。

「……びっくりした。待っててくれるならそう言ってよ」

「時間を気にせず楽しんでほしかったからな」

「でも何時間も立ってたんでしょ。雨とか降らなかったからいいようなものの……」

「大したことじゃない」

そうかもしれないけれど。

日奈が鞠絵と笑っている間、ずっと警護を続けていたなんて。

「ごめんね」

「適切な言葉じゃないな」

「……ありがとう、迎えに来てくれて」

「ああ。どういたしまして」

柔らかい空気が車内に広がる。

やがて車は目的地に到着した。

「着いたよ。……鞠絵ちゃん？」

鞠絵はぼそぼそと寝言を発するばかりで座席から動こうとしない。亮一が運転席から降りる。

不安がふくらんだ。もしかして部屋まで鞠絵を運ぶの？

日奈の予想は外れ、亮一は鞠絵が暮らす部屋の番号をインターフォンで押した。姉らしき声の応対があり、間もなく下まで下りてきた。あーもう恥ずかしい、とぼやきながら、身内ならではの慣れた様子で鞠絵の手を引く。

「大丈夫ですか」

「へーきへーき」

鞠絵とそっくりな声で同じ口癖を言うと、お姉さんは鞠絵を肩にもたれさせた。家に着いたのがわかったのか、鞠絵も自分の足で歩き始める。

「あ、日奈ちゃんだっけ、いつも話は聞いてます。わざわざありがとうね。彼氏さん？」

「えっと、はい」

「ありがとうございました。妹がお世話になって」

「いえいえ」

二人がマンションに入るのを見送り、日奈たちも車に戻る。

「抱っこしたらどうしようって思ってた」

「ん？　俺が？」

「……うん。わたし心狭い。親友なのに」

鞠絵に焼き餅を焼きかけたのも事実、だけど、いろいろ話せて楽しかったと思うのも素直な気持ちだった。

亮一は何も言わず、車を発進させた。沈黙は気詰まりな感じではなかった。

今はもう亮一の目の中に自分だけが映っている。

「相当飲んだみたいだな」

「わたしはそうでもない。一杯だけ」

「じゃ、風呂で倒れる心配はないか」

「うん。亮一さんは夕食食べてないよね、お腹空いたでしょ?」

「一食くらい抜いてもどうってことないよ」

「だーめ。ちゃんと食べて」

「はいはい」

何だろう、この、仕方なく言うこと聞いてあげます的な答えは。

「待ってる間、何してた?」

「お前の会社の人間の顔と名前を憶えてた」

亮一は左手をハンドルから離し、上着の内ポケットから書類の束を出した。社外秘の個人情報だ。

「円周率を憶えるよりは役に立つだろう」

「まずは役員さんを覚えた方がいいんじゃない?」

「それはもう覚えた」

日奈には見えないところで亮一はいろいろと動いているのだ。

エレベーターに乗ると、今でも思い出してしまう。日本に帰れないかもしれないと思ったあの恐怖。絶望の一歩手前の気持ち。無事に帰ってこられて本当によかった。

六階のバスタブにお湯が溜めてあるというので、五階からメイク落としや着替えを持参した。

亮一は輸入食品店で買ってきたというカップ麺をすすっている。

「じゃ、お風呂行ってきます」

「ああ」

浴室の棚には男性用のシャンプー類が並んでいて、軽く圧倒される。旅館で間違えて男湯に入ったような気分。ここでいつも亮一が裸になっているんだ、とどうしても想像してしまう。

あまりゆっくりしていたら、亮一が入ってくるかもしれない。手早く身体を洗って出た。

ふかふかのバスタオルで水気をぬぐい、鏡の中のすっぴんを確認していると、亮一の声が聞こえた。

「もう出たのか。烏（からす）の行水だな」

「次入る？」

「ん？　俺は昼間にシャワー浴びた」

「じゃ、お湯落とした方がいい？」

「いや、俺がやっとく。入るぞ」

亮一は脱衣所を抜けて浴室へ向かう。掃除を始めたようだ。

しばらくして出てくると、まだ日奈の髪が乾いていないのに気づいたらしく、「貸しな」とドライヤーを取った。

「熱くないか？」

「平気」

勢いよく吹き出す熱風は、日奈が使っているものより出力が大きいようで、三十秒も経たないうちにほとんど湿り気を飛ばした。

「よし」

「あ、あのね、お願いがあるの」

「何だ」

「顔、見せて」

亮一は黙ってサングラスを外し、洗面台に置いた。鏡に向かって並ぶ二人を眺めるのは初めてだ。ちゃんとカップルに見えるかしら……見えるよね。お似合いの二人になりたい。

「触ってもいい？」

「ああ」

あらわになった素顔に手を伸ばす。ぺたぺたと触って確かめる。

「色気のない触り方だな」

「色気のある触り方ってどういうの」

脊髄反射のように返し、しまったと思ったときにはもう、亮一のペースだった。頭から首を通って背中、腰まで撫で下ろされる。それだけで背骨は手なずけられ、腰が砕けそうになる。

タオルが足元に落ちてわだかまった。拾おうとした手を止められ、裸の身体を軽々と抱えられる。

「よっと」

「やだ。着替え持ってきたのに」

「着替えって、あれだろ、部屋着」

「そうだよ」

「どうせすぐ脱がせるし、着なくていいだろ。そのへんに置いとけ」

「……な、何言ってるの」

「暴れるなって。脱がせる楽しみはまた今度な。もう我慢できない」

それほどまでに求めてくれているのだとわかるし、他のひとにはしないことをしてくれるのは嬉しいのだけれど、照れくささもあって足をばたつかせた。

「ちょっと待って」

「待てない」

せめてもの抵抗として、タオルハンガーにかかっていたフェイスタオルをつかみ、胸元を隠す。

日奈を寝室に運び、ベッドに下ろした亮一は、着ていた服を脱ぎ捨てた。

「がっつきすぎて嫌われるかな」

「嫌わないけど……」

心の準備が、と顔をそむけると、

「逃げんな」

甘い命令で呼び戻される。

目をそらさず、降りてくる唇をまっすぐ受け止めた。

ついばむ動きは徐々に深くなり、むさぼられていると実感する。自分が食べ物として扱われている気分。おいしいのかな。応える——のはまだ無理だし、味わう余裕もないけれど、亮一が与えてくれる口づけに必死でついてゆく。上下の歯列の間を割って這い回る舌を感じてどきどきした。

断続的にキスを降らせながら、亮一は日奈の肩や首筋に触れる。

入浴後のほてった肌は敏感で、全身に細かな汗が噴き出した。いつの間にか天井の照明は消えている。部屋の隅のスタンドライトが小さくともっているだけだ。

「あの……」

枕に預けた後頭部をずらす。こういうときって枕はどうするんだろう。普通に眠るときみたいに使うものなのか、それとも。

「髪、引っかかったか？」

亮一の手が髪をすく。日奈を守ってくれる大きな手だ。

「枕をどうしたらいいのかわからなくて」

「ああ」

亮一は枕を床に落としてしまった。

「しがみつくのは枕じゃなくて俺にしとけ」

日奈は素直に手を伸ばし、亮一の両肩に触れた。

覆いかぶさる姿勢で日奈を囲う亮一からは、石鹸と彼自身の香りがする。二人を隔てるものは何もなく、日奈の心臓の鼓動は亮一に伝わっているに違いなく、下腹部には亮一の熱を感じていた。

ぽってりと立ち上がりかけた胸の先端は、亮一の口に含まれ、硬くしこった。ざらついた舌で念入りに濡らされ、音を立てて吸われる。

日奈の中にとろりとした粘度の高い熱が生まれている。上半身を触られているのに、その熱は下腹の奥で存在を主張する。脚の間がしっとり湿ってしまい、レース一枚身につけていない状況では隠せないのではないかと怖くなる。

亮一は日奈の片方の胸を甘噛みしながら、もう片方に手をやった。柔らかさを楽しむように包み込み、口でするのと同じ動きで尖りをつまむ。

「俺の手にぴったりだ」

嬉しい。今、これ以上に嬉しい言葉はないかもしれない。うっとりした。

左右の胸は亮一のなすがままに形を変える。普段、ワイヤーで支え、おとなしくカップに収めているときはここがこんなにも自由になるなんて思いもしない。亮一の手と唇でいじられ、お菓子のように作り変えられる自分が不思議だ。

痛みぎりぎり手前の強さでつねられた瞬間、日奈は亮一の髪をつかみ、声にならない声を上げげた。

一度伸び上がった亮一は、日奈のわななく唇に口づけを落とすと、脇からウエストに沿って愛撫を始めた。腰骨の出っ張りを撫で下ろし、来た道をたどって撫で上げる。常に日奈の反応を見ながら、動かす手の速度や強弱に変化をつける。

次はどこを探られるのかぞくぞくして待ちわびてしまう。亮一のしてくれる全てを、身体中で感じ、受け止めたい。

もっと舐めて。もっと撫でて。気持ちいいことをやめないで。

強く目を閉じた。どうか亮一が幻滅しませんように。南国の魔法が解けても、ちゃんと好きでいてくれますように。

舌でへそのくぼみをつつかれ、日奈は腰を震わせた。閉じていた脚の力がゆるむと、すかさずそこに亮一が身を滑り込ませる。まぶたを上げれば、雄々しい裸体が日奈を見下ろしていた。

「……見ないで」

「見えてない」

嘘だ。だって日奈にもはっきり見えている。たくましく鍛え上げられた胸筋、その下に目をやれば、割れた腹筋までも。

「ライト消して」

「消さない」

「意地悪」

「好きな子ほどいじめたくなるもんなの」

優しい声で言われて、言い返せなくなる。

日奈は脚に力を込めた。亮一の動きを封じるように挟み込む。

でも亮一は日奈の膝に手をかけ、くるくると円を描く動きで抵抗を無効化してしまう。後は二枚扉を開くようにスムーズに脚を広げられるだけだった。

興奮を知られるのが一番恥ずかしい。

全身を巡る血液が、最も熱く激しく集まっているのではないかと思える、欲望の芯。何かの折に自分で触れて、明らかに他と違うと気づいた秘所。つつましくあってほしいつぼみはふくらんで開花寸前だ。

亮一は日奈を見ている。恥ずかしいところも全部見ている。

抱えきれないしずくが会陰を通って滴り落ちる。

「あ、シーツが……」

汚れちゃう、とひそめた声を発すると、亮一が首を振った。

「汚れない。汚くなんてない。お前が流す涙も汗も、身体からあふれさせる何もかも綺麗だから心配すんな」

「でも、初めてなのに、こんな風になって……変じゃない？　どうしよう」

「俺のために濡れてくれてるのが嬉しくない男なんていない」

綺麗だよ、本当に、とつぶやきながら、亮一は日奈の白い太腿に手を滑らせた。汗ばんで滑りが悪くなった肌をあやすように撫でさする。

秘所には触れない。薄暗がりの中、視線でなぶるだけだ。

「柔らかくなってるように見えるけど、外からはわかんねーしな。指入れたら、どこまで沈んでくかな」

試すような言葉にも感じてしまう。

亮一の指。コテージでのひとときを身体は憶えている。奥まで差し入れられ、様子を見ながら増やされた指。

「お前の身体、まだ知らないからさ。どこがいい？　どうしてほしい？」

「わかんない」

「触ってほしいところあるか？」

「亮一さんのしたいようにして」

「……お前、無自覚なんだよな」

「え？」

「なんでもない。こっちの話」

「こっちって」

「俺の中の与党も野党も、お前のこと好きだって訴えてる」

「何それ」

「満場一致でキスする法案成立」

笑った途端に膝を曲げさせられ、キスは脚の間に落とされた。

日奈のつぼみをこじ開けたのは、亮一の鼻と口だった。

「やっ……あ、あ、そんなところ……」

舌が進んだり退いたりする度、熱く湿った粘膜同士がこすれる。気持ちはついていけないのに、身体は反応していた。舐められて、ますます濡れる。

「あっ！」

亮一の舌が、薄い皮をまとったしこりに触れた。そのまま器用に覆いをむいてしまう。

「だめ……っ」

むき出しになった肉芽は過敏で、舌や指の腹を押し当てられるだけでびりっと電気のようなものが走る。声を我慢することはできなかった。

「んっ、あ、ああっ」

「いいな。どこもかわいいけど、特にかわいい」

「あ、あ、あっ……んん、やっ、やぁっ」

「ここをいじると、奥がますます濡れてくるだろ」

「なっ、なん、か……へん……！」

涙目で訴える日奈に、「大丈夫だ」と亮一が言い聞かせる。

「感じてるままに声を出せばいい」

指が入ってくる。透明な蜜をあふれさせる溝は抵抗なく中指を、続いて人差し指と薬指を迎え入れた。

亮一の動きがリアルに感じられる。外の肉芽をかわいがる親指と、中でうごめく他の指。中指をくっと曲げられると、ぞわりとした官能が下腹に伝わった。

「とろっとろだ」

「やっ……」

日奈は頭を左右に振った。快感はふくれ上がっている。気持ちいいのに怖い。

「あ、あっ、やだ……あ、なんか出ちゃう、あ、ああっ」

亮一は容赦なかった。指使いを速め、日奈を高みへ押し上げる。

「ひゃっ、やめ……やめてっ……！　いやぁあっ」

「残念だけどやめない。ここでやめたら、お前を絶頂寸前で放り出すことになる」

亮一は日奈の脚を肩にかつぐと、濡れて開ききった中心を指と舌の両方でめちゃくちゃ

になぶった。

「あっ、あ、んっ、だめ、だめ、だめぇ……っ！」

日奈は背を丸めた後、大きくのけぞった。身体がばらばらに弾けるような解放感の後、激しい虚脱に襲われる。

ぴくん、ぴくん、と脚が震える。亮一はもう日奈に触れてはいない。どうやら目的を達成したらしい、という安堵に息をつく。

「……うまくいけたな」

よしよし、と頭を撫でられ、いたわる仕草で頬を包まれた。全身から汗が噴き出している。

「いくのは初めてか。気持ちよかっただろ」

気持ちいいというか、何だかひたすらすごい、としか言いようがない。いく、という表現はぴったりだと思った。

亮一が日奈の隣に横たわった。ぐしゃぐしゃになった髪をすいてくれる。

全身がだるくて重い。まだ余熱を抱えている。

脚の不随意(ふずいい)な震えはすぐには治まらず、呼吸も整えるまで数回繰り返さなければならなかった。

ぐったりしたまま、日奈は訊ねる。

「こんなこと毎回するの？」

「何度でも」

「他のひとも……してる？」

「多分な。自分でもできる」

とんでもない、と日奈は首を横に振る。

「みんな、その感覚を味わいたくてするんだから」

「わたし、無理」

「よくなかったか？　女は男よりも気持ちがいいらしいけど」

「そうなの？」

身体を重ねる度にあの熱に焼かれるかと思うと、気が遠くなりそうだ。とても慣れる気がしない。

「疲れたならもうやめておくか」

「ん……」

日奈は迷った。自分ばかりいい気持ちを味わって、一人でいってしまって、亮一は自身の欲望をどうにもしていない。

同じようなことを自分もできるだろうか。亮一の鍛えた身体を直視すると、腰が抜けてしまいそうになるのに。

「どうしたらいいのかわからない……」

「何が」

「亮一さんにも、いってほしい」

「いけない言葉を教えたみたいだな、外で使うなよ」

「わかってる。あの……めくるめく思いをさせてあげたいんだけど」

「それもある種、文学的な表現でいいな」

亮一はにやりと笑い、

「まぁ気を回さなくても、そのままにしてるだけでＯＫだから」

手品のように避妊具を取り出し、呆然とする日奈に言った。

「めくるめく思い、味わわせてもらうな」

「……うん」

「一緒に気持ちよくなろう」

続いているんだ、と思った。二人がひとつになる行為は、まだ終わっていない。

亮一は日奈の両脚を抱えた。

「怖いか？」

「少し」

「緊張してるのはわかってる。なるべく痛くないようにする」

たとえ痛くても、と日奈は思った。痛くてもいい。亮一と結ばれたい。

ほどけた入り口に先端が触れる。様子見するように浅く突かれた。

その奥、きつく狭まった壁が突入を阻んでしまう。

「力抜いて」

亮一は無理に進んでくることはない。根気よく、日奈の内門がゆるむのを待っている。

「今、化粧してないよな？」

「うん……落としたけど、どうして？」

「無垢な顔してるなって」

「そう、かな」

自分ではどんな顔をしているかわからない。鏡の前に立つと、絶対に表情を作ってしまうから。素の顔なんて、自分でも知らない。

亮一の目に映る日奈を、亮一が好きでいてくれたらいい。

何も隠さず、全部あげたい。

「そう……その調子。日奈」

「何？」

「……好きだ」

甘い言葉と共に、丸みを帯びたものが隙間を割り広げて入ってくる。指とは違う硬さだった。

日奈を内側から押し広げ、ゆっくり奥へと進んでくる。亮一の切実な熱。

「わかるか？　入っていってる」

答えの代わりに、日奈は熱く長いため息をついた。

「もう少し、奥まで届くかな」

身体の中心で亮一を受け入れている。これ以上ないほど深くつながっている。裸を見られるのには慣れないし、未知の感覚への恐れもある。なのに、これでいいと心が肯定している。こうなりたかった、こうされたかったんだと思う。

小刻みに腰を揺らされると、あられもない声がこぼれた。

「あっ、あんっ」

恥ずかしくて、口を手でふさいでこらえると、「声出して」とうながされた。

「ちょっとかすれてんの。あどけなくて、たまんねえ」

たくましい身体が起こす律動に、日奈の身体は翻弄される。

「あぁ、っ、や、んっ」

「……参ったな。ますます好きになっちまう」

もっと好きになってもいい、と伝えたくて、厚い身体にぎゅっとしがみつく。

額と額をくっつけて亮一も応えてくれた。

「ほんと最高」

「あっ、そんな……」

角度を変えて貫かれると、濡れた音が響いた。

硬く膨張した男の象徴が、日奈の中心を突く。深く圧を与えられる度に、自分では触れたことのない奥がこすられ、どよめく。内臓の配置が変わってしまいそう。

片手と両膝で体重を支えた亮一が、空いた手を日奈の胸元に伸ばした。

「あっ」

触れられた途端、そこが尖っているのを知覚した。

「……痛かった？」

「じゃなくて……」

目をそらす。恥ずかしい。気持ちいいと素直に口にするのはまだ抵抗がある。

「感じた？　どうなるか、もう一回触ってみようか」

多分、亮一はそんなに力を込めていない。でも指で絞られる度、きゅんとすぼまるような感覚が胸の先端から腰の奥に走って、日奈をうろたえさせる。

「いや、っ」

「身体は喜んでる」

「意地悪……！」

「涙目で言われても逆効果。絶対に守りたいけど、いじめたくもなる。お前のこと、いじめるのも守るのも俺だけがいい」

「わがまま……」

「だな。お前より大人でよかったと思う反面、お前といると、ガキに戻った気分にもなる。いじめっ子みたいな独占欲できりきりさせられる」

「亮一さんにならいじめられてもいい」

「またそういうことを」

「本気だもん」

他のひとにされたら嫌なことも、たとえばこんな風に両脚を折りたたまれた不安定な姿勢で上から貫かれる行為も受け入れてしまう。欲しい。嬉しい。亮一がしてくれることならば。

汗ばんだ肌と肌がこすれる。あちこちをまさぐる指の動き、首筋を吸い上げる唇の生々しさ。

胸から秘所へ飛び火した興奮で、敏感な肉芽は先ほど以上にふくらんでいた。とろみをまとった指で触れられると、足先まで震える。

「や、ああ、あ、あ」

律動が速まるのにつれて、二人の呼吸も浅く激しくなってゆく。声が漏れる。角度を変えてえぐられ、揺さぶられ、頭の中が白く染まってゆく。

「あん、あ、ああ、んっ」

二人で獣のような行為に没頭していることが、ひたすらに幸せだった。こんな幸せがあるなんて、誰も今まで教えてくれなかった。亮一が教えてくれた。

日奈の運命の恋人。

「やっ、あぁ、あっ」

「ん――」

ぐっと亮一が前屈みになった。動きが止まる。

高まりきった欲望が放出され、その勢いを受け止めた日奈も追いかけるように力尽きた。悲鳴を上げた気もする。


目が覚めると、日奈が枕にしているのは亮一の腕で、すぐそばに亮一の寝顔があった。

部屋の隅のライトに照らされ、顔から肩にかけて不思議な陰影ができている。

まぶたがぴくりと動き、唇が開いた。何かつぶやいて閉じる。

「……何？　なんて言ったの？」

訊き返しても答えはない。また眠ってしまったらしい。

枕元の時計を見ればまだ夜中。ほんの少し横になるだけのつもりが、熟睡してしまった。疲れたので、シャワーも浴びずに休ませてもらったのだった。幼い頃から一人で眠るようしつけられ、母に添い寝してもらった記憶もない自分が、他人の腕枕で眠ってしまうなんて驚きだ。それだけ気力体力を消耗したのだろう。

何か着られるものがないか、ベッドの周囲を探してみた。タオルが一枚と、亮一の服しか見当たらない。裸のまま運ばれてきたのだから仕方ないのだけれど。

亮一の腕は、日奈の頭が載っていた部分が赤くなっている。硬くてごつごつしていて、適度なクッション性もある不思議な腕。

タオルケットを引っ張り上げて、亮一の肩にかけた。汗まみれになっているときは気づかなかったけれど、冷房がついているから、冷えてしまうかもしれない。

自分の身体は、変わってしまったのだろうか。亮一が触れた部分を、ひとつひとつ確め——触れられていない箇所がないことに気づき、赤面する。

世界には大勢のひとがいるのに、その中で好きになったひとが、こちらのことも好きになってくれるなんて奇跡に近い。

初めて恋した相手と気持ちを通わせ合い、吐息を重ねた。心と体の両方がつながった。同じ家に帰り、一緒に食事を取り、ひとつのベッドで眠る。こういう生活を同棲と呼ぶはずだ。

改めて考えると、親元を離れて男のひとと住むなんて大事件だ。

この先どうなるんだろう。

これからの約束はしていない。

つまり「おつき合いしましょう」とか「半年後の結婚に向けて準備を進めましょう」といった段取りは決まっていない。

幸せなのに、不安もある。

再び横になり、亮一の腕に頭を預ける。向き合う形ではなく、亮一が向いているのと同じ方向を向く。

起こさないように、そっと。

注意深く息も止めていたのに、亮一が身じろいだ。

「どうした。どこか痛いか？」

「ちょっと向きを変えただけ。亮一さんこそ、腕痛くない？」

「平気。眠れないのか？」

「ちょっと考え事しちゃって」

「俺のことか？」

「え」

「いろいろ考えちまう原因は俺じゃないのか？」

日奈が黙っているのを、亮一は勝手に解釈したらしい。

「俺のことで悩んでるならいい。許す」

「いつから『俺様』になったの」

「最初からこんなだよ」

枕代わりにしていた腕はそのままに、もう片方の手で日奈の髪を撫でる。

確かに、思い返せば護衛を始めたときから、その慇懃な態度の奥には我の強さが垣間見えた。真面目で過保護で、口調は断定的。存在感を出したり消したり自在に操りながら、常に日奈のそばにいた亮一。二人の間に他の人間が入ってくるのを許さなかった。

ある時点からくだけた言葉遣いになって印象が変わったように感じたけれど、本質的なところは多分変わっていない。よそ見を許さず、こっちだけ見ていろとわがままに要求する。そのわがままが嬉しい。日奈も亮一に対してはわがままになってしまうから。

「亮一さんってさびしがりやだよね。結構子どもっぽい……」

「大人だから、独占欲もでかいんだよ」

「勝手な言いぶ……んっ」

最後まで言う前にキスが落ちてくる。

「もういいから寝ろ。明日起きられなくなる」

「うん」

「ま、早く起きなくてもいいんだけどな。休みだし、予定もないし。明日の朝食は俺が作ってやるよ」

「いいの？」

「だからゆっくり寝な」

繰り返し髪を撫でられる。翼を広げた親鳥が雛をいたわるような仕草に誘われ、いつの間にか眠気がやってくる。


夜が明け、タオル一枚を巻きつけて五階の自分の部屋へ向かった。シャワーを浴び、身支度をして上に戻ってくると、食事の用意が整っていた。

「豪華……！」

亮一もシャワーを浴びたはずなのに、短時間でこれだけの品数を作るなんて神業だ。

かりかりに焼いたベーコン、スクランブルエッグ、マッシュポテト、人参のグラッセとゆでたブロッコリーが白い丸皿に円を描く形で並んでいる。数種類の豆と玉葱が入ったスープ。バゲットとバター。パテ状のものは豚肉のリエットだろうか、亮一の好物だ。梨と葡萄は見るからにみずみずしく、たっぷり牛乳の入ったカフェラテが湯気を立てている。

「いつの間にシェフを呼んだの？」

「大げさだな。時間的にはブランチだし、このくらいあった方がいいだろ」

「だって……ほんの十五分か二十分くらいよね。信じられない」

いぶかしむ日奈に、亮一はあっさりと種明かしをしてくれた。

「ポテトや野菜は前もって用意しておいた」

「あ、冷凍で？」

「そう。スープも大方作っておいたし」

「そっかぁ……謎が解けた。いただきます」

両手を合わせ、綺麗に盛りつけられたおかずに手をつける。ベーコンの塩気がいい。スープがしみる。水と塩。まさしく身体が求めていたものだ。

触覚と味覚にスイッチが入ると同時に、他の感覚も鮮明になった。色の濃い野菜は一段濃く見え、卵の黄色はまぶしく、コーヒーの香りは強く立ち上る。なぜか耳まで鋭敏になって、亮一が咀嚼する音まで聞き取ってしまう。

体内に何かを取り込むという作業は、口であれ、別の場所であれ、全身の細胞を目覚めさせるに違いない。そんなことを考え、昨夜、自身の奥を探った亮一の指やら指でないものやらを思い出し、食事の手が止まってしまう。

（本当に結ばれたんだ、亮一さんと――）

鞠絵に助言を求めたのがずいぶん前のできごとに思える。身体を重ねてわかったのは、何もかも鞠絵の言う通りで、つまりあの場では身を任せるしかなかったということ。たとえ事前にアドバイスをもらっていたとしても実行できたとは思えない。

ベッドの上での亮一は、身辺警護のときに見せるのとはまた違うかっこよさだった。

――めくるめく思い、味わわせてもらうな。

――……うん。

――一緒に気持ちよくなろう。

思い出すと頭に血が上ってくる。

「顔赤いな」

目ざとく指摘された。誰のせいだと思ってるのやら。

ソーサーからカップを持ち上げ、窓の方を見やった。

窓が開いていても怖くない。レースのカーテン越しに入ってくる街のざわめきは、日奈を不安にさせない。亮一がそばにいる限り、怖いものはない。

二人きりの、ゆったりした時間。

予定のない休日。

「会社の方は大丈夫なの？」

「ああ、最近は昼間に顔出したりもしてるしな」

「『社長』してるところ見てみたいなぁ」

「むさ苦しい職場だし、おもしろいことはないぞ」

「ケチー」

使った食器をキッチンに運ぶ。亮一も皿を持ってやってきて、食洗機にセットした。

蛇口で手をゆすぎ、水を止めようとしたとき、後ろから抱きすくめられた。

「な、何」

「今日はまだこういうことしてなかった」

日奈の髪に亮一が顔を埋める。

「朝までくっついて寝てたのに」

「足りない」

足りない、と耳元でもう一度ささやかれる。吐息交じりの声に、日奈は首をすくめる。欲しがってもらえるのは嬉しい。嬉しいから、本気で抵抗できない。

蛇口から水が垂直に落ちてゆく音がやたらと大きく聞こえる。

「駄目……」

背中に密着した身体から逃れるように手を伸ばし、水を止めた。

まるでそれが合図だったかのように、亮一の動きが大胆になる。

まだ湿り気の残る髪をかき分けて、鼻と唇が首筋を探り当てる。前でクロスする形で回された腕は楽々と日奈の手を封じた。

「亮一さんったら」

シンク上の蛍光灯に煌々と照らされ、身体を探られる。

明るいキッチンで襲われることへの抵抗は大きい。夜の寝室とは違う。お互いの息遣いを隠せない。

トップスの裾から入ってきた手がきわどく素肌をなぞり、全身の産毛を逆撫でる。指先は少しずつ上へと進んでゆき、胸のカーブをかすめた。下着越しなのに、その刺激だけで、敏感な先端がつんと尖ってしまうのが恥ずかしい。昨日の今日だから、感じやすくなっているのかもしれない。

最後まで導かれたのは昨夜が初めてだったけれど、水上コテージでの戯れも含め、亮一が与えてくれる刺激で濡れることを身体が憶えてしまっている。まさぐられる度、じゅわっと奥から潤いがしみ出す。

ブラカップごと半球を揉みしだかれる。シンクの縁につかまっていなければ、まっすぐ立っているのもやっとだ。

「気持ちいいな……ずっと触っていたくなる」

「そんな……」

「弾力があって吸いついてくる」

気づけばブラのホックを外されていた。

亮一は日奈の胸をたぷたぷと優しく揉み、指の間に硬くなった頂点をはさむ。見下ろすと、ノーブラ状態になった乳首が服地の上から透けていた。

「ここはこりこりしてて、うまそうだよな。どんな味がするんだっけ」

そう言いながら、歯を立てる代わりに爪を立てる。

昨晩さんざん口に含んで舐めたくせに。

「あっ」

腰の後ろに、亮一の形をすりつけられた。身体の奥がうずく。

これ以上いじられたら、変な言葉を口走ってしまいそうだ。もっと別の場所も触ってほしいとか、こんな風にしてほしいとか。

首筋を吸い上げられ、膝が砕けそうになった。

「やっ……」

シンクにしがみつき、日奈は腰をくねらせる。目を閉じると、背後から与えられる感覚が一層強く感じられて、興奮が加速する。必死に目を開けたまま、気をそらすため、目につくものの名を頭の中で読み上げてゆく。

スポンジ、食器用洗剤、まな板、コーヒーメーカー。輸入食品店で買った調味料――あのごちゃごちゃした感じの店内が亮一は好きだと言っていた。

本来は調理に使う場所だ。そこで食材の鮮度を調べるかのように検分される姿を自覚すると、倒錯的な快感でめまいがした。

「あ——……ん、んっ」

視線が揺れ、ふとした拍子にそれは目に入った。

パスタの入ったガラス製のストッカーと、炊飯器の間。

黄色の熱帯魚のキーホルダーがあった。

おもちゃだと知っていても、まるで魚の死骸のように見えた。

どうしてこんなところに。

いい大人、しかも渋い系統の彼がこういったものを好んで身につけるとは思っていなかったけれど、それでもハネムーンの思い出が詰まった品だから特別に違いないと思っていた。物陰に置き忘れているなんて。

思い入れがあるのは自分だけだったの？

呆然としていると、高まった身体の熱が引いてゆく。

「日奈？」

亮一が日奈の服の下に潜り込ませていた手を止め、おずおずと引っ込める。こちらの様子をうかがう態度にむっとした。

「ちょっと聞きたいことがあるんだけど」

「どうした」

「あのキーホルダーって使ってる？」

「……何だ突然」

「鍵につけてないの？」

ああ嫌だ、こんな訊き方。こんな自分。意外な場所で魚発見！　と明るく済ませること
もできるのに。

「鍵につけるにはちょっと大きいから、使い道を考えてたところだ」

「今どこに置いてあるの？」

「引き出しの中」

「嘘」

日奈はくるりと亮一に向き直った。

「本当は、なくしちゃったんじゃないの？」

「……どうしてそんなこと」

すっと横に動き、炊飯器の陰を指さした。

亮一の顔に動揺が走った。その表情の変化でわかった。やっぱりなくしたと思っていた
んだ。

熱帯魚は鮮やかなペイント模様とは裏腹に、空虚な目をしていた。浅瀬で戯れ続けた挙
句、引き潮に気づかずに干上がって死んでしまった――そんな空想を誘う顔つきだ。悲劇
だけど、自業自得。思い浮かべた一匹のストーリーはそのまま日奈に当てはまる。

「もっと大事にしてほしかった」

「……日奈」

「離して」

日奈は突き飛ばすように亮一から離れ、階下に降りた。

脚の間の濡れた感触が悲しかった。馬鹿みたい。撫でられ、まさぐられて、気持ちよくなっちゃって。

好きなひとに抱かれて、幸せの絶頂にいるはずだった。昨夜から続いていた喜びの底がこれほどあっけなく抜け落ちてしまうなんて、信じられない気がした。

本物の新婚夫婦なら、きっとこんなことにならない。

二人の始まりが嘘で塗り固めたものだったから、ちょっとしたアクシデントでも不安で揺らぐのだ。


鞠絵にメールしたけれど、返事はなかった。ホットヨガに行っているか、応援しているミュージシャンのライブで携帯の電源を切っている可能性もある。

スマートフォンを鞄にしまい、日奈は地下駐車場へ向かった。もしもに備えて頑丈な外車、そして手厚い保険を父は用意してくれた。でも自分で車を動かすのは久しぶりだ。

運転席が後ろに下がっていて、位置を調整しなければ足がペダルに届かない。亮一との体格差を思い知る。

シートベルトをして、エンジンをかけた。ガソリンは充分。キーの先についた熱帯魚は、のんきにゆらゆら揺れている。一匹になっちゃったね、と声に出さずに呼びかけると、余計に悲しくなった。

シャッターが上がる。明るい。秋らしい天気だ。

左右を確かめ、ゆっくりと発進させる。マンション前の通りは静かだが、角を曲がって表に出れば一気に交通量は増える。

駐車車両を避けて右の車線に移った。

非力な日奈でもアクセルを踏めば前に進む。

車があれば、一人でどこへでも行けるのだ。

最近は何につけても亮一が先回りして、日奈が危険にさらされることのないよう、苦労することのないよう道を整えてくれる。元は職業意識から来る配慮だっただろう。ボディガードとして日奈を守らなければという義務感が、守りたいという愛情に変わったのだと都合よく解釈していたけれど、勘違いだったのかもしれない。

今も亮一にとって日奈は警護対象、単なる依頼者でしかないのでは……？　疑い始めると、そう思えてくる。

こんなはずじゃなかった。

身体を重ねれば、夫婦になれると考えていた。新しい家族の絆ができると信じた。日奈の考えは古く、重く、時代錯誤なのだろうか。言葉は悪いけれど、たった一度寝ただけで男のひとは本気にはならないのだろうか。

　消化しきれないもやもやしたものが胃のあたりにせり上がってくる。慣れない運転の緊張と混ざって苦しい。

　二十代半ばにして、初めての家出だ。

　亮一はどうしただろう。日奈がいないことに気づき、まずはマンションの近辺を探す。そのうち車がないとわかり、鞠絵に連絡を取る。日奈が行きそうな場所はあるか、と。父にも電話したりして。あわてる亮一を想像すると少し溜飲が下がった。

　警護についてもらって以来、昼も夜も一緒にいる。常に亮一に頼り、亮一が作り出す空間にいれば安心できた。でも今なぜ日奈が家を出たか、亮一から離れたか、彼はきっと理解できない。キーホルダーの件がきっかけだったとは思い至るだろうけれど、何もそこまでしなくても……と思うかもしれない。

　さびしくてもどかしい気持ちを振り切り、前方を見る。

　左側の車線はふさがり、唯一流れる走行車線も赤信号の手前で長い列になっていた。

　ブレーキを踏み、バックミラーを見た。

　後続の車が近づいてきて、車間距離を取って停まった。

　歩道にはドラッグストアの宣伝のぼりがはためき、休日の買い物にいそしむ人々が歩道にせり出した商品かごをのぞいていた。その隣では、ラーメン屋の開店を待つ人々が列を作っている。日常の風景の中、遠くから近づいてくる人影があった。どこか異質で、目を引く姿。

亮一が歩道を走ってきていた。

「嘘……」

まだマンションからそれほど離れていないとはいえ、迷いなくこちらへ向かってくる足取りは怖いほど確かだ。部屋着のまま、サングラスもかけず、足元の革靴だけが浮いている。

人目も気にせず、長いストライドで駆けてくる。

「来ないで……お願い」

このままでは追いつかれてしまう。日奈は焦った。ハンドルを握る手に汗をかく。亮一があきらめてくれるのを願った。

どこかでクラクションが鳴った。

前の車のブレーキランプが消えて進み始める。日奈もそろそろとアクセルを踏んで発進する。

亮一との距離が開いた。

その姿はやがて見えなくなり、日奈は知らず知らずこわばっていた肩の力を抜いた。

バイクを止めるほど頑強なボディガードも生身の人間だ。アウトバーンを数百キロで飛ばす性能を誇るドイツ車に追いつけるはずがない。

きっと今頃は追いかけるのをあきらめて、ぜいぜいと胸を鳴らしながらマンションに戻っているはず。

日奈はアクセルを踏み続けた。自分が走ったわけではないのに、喉の奥が苦しい。


都内を抜け、神奈川県に入った。

ロードサイドにコンビニエンスストアを見つけた。駐車スペースに頭から突っ込み、エンジンを止める。

パンプスの足をアスファルトに下ろすと、じゃりっと小石を踏む感覚が靴底から伝わった。

空は冴え冴えと青く、一直線に飛んでゆく鳥の影がくっきりまぶしい。

ひと休みしながら、買ってきたお茶を一口飲み、カーナビの地図をスクロールさせる。川沿いの道を上流に向かって進むとダムがある。そこを目指すことにした。

コンビニを出た後、三叉路を過ぎると道は細くなり、やがて傾斜がきつくなった。山道に入ったのだ。

カーブが続き、対向車とすれ違うときには神経を使う。

運転に疲れてきたところで目的のダムに着いた。駐車場は三割ほど埋まっていた。

ドライブデートらしいカップルが何組かいて、タブレットやスマートフォンを掲げた手をいっぱいに伸ばし、ダム前で記念写真を撮ろうとしている。他には家族連れが何組か。紅葉にはまだ早いけれど、都心を離れた空気を吸いにきたのだろう。

簡単な資料館のようなものがあり、中に入れば建設時の様子や、発電方法を説明するパネルが並んでいた。

一通り見た後、再び外に出た。巨大なコンクリート建造物を背景に記念撮影しているカップルは、色違いのボーダー柄のシャツを着ている。ペアルックだ。

「よろしかったら、お撮りしましょうか」

「あ、お願いしていいですか？」

彼女の方がにこやかにスマートフォンを差し出した。ツーショットを画面に収めた後、「お礼に撮りますよ」と言われ、日奈も自分の電話を渡した。亮一からの着信履歴は見なかったことにして、笑顔を作る。

一人だけど、平気。つまらなくなんてない。

風景写真を何枚か撮り、周辺を歩いて回った。

正午を過ぎ、太陽は高い。そのわりに暗いなと思って見上げると、先ほどまではなかった灰色の雲が空を覆っていた。

雨の山道は運転したことがない。これからどうしよう。不安をこらえてダム湖をのぞくと、鋭い声がした。

「早まるな！」

「……え？」

どこから現れたのやら、亮一だった。革靴ではなくスニーカーを履いている。ということは……。

「走ってきたの？」

「そんなわけあるか」

「ヘリコプター⁉」

「もっとない」

大股で歩み寄ると、がしりと日奈の腕をつかむ。服の布地越しに体温が伝わってくる。

「ったく……思い詰めた顔してるから気が気じゃなかったぞ」

「わたしが死んじゃうと思ったの？　心配しすぎ」

「遠くからはそう見えたんだよ」

間違っても転落事故など起こらないよう、作業員以外はダム内部には入れないようになっている。自殺なんてできるはずがない。

「亮一さん、まさか泣いてないよね？」

「……花粉症だよ」

亮一はごしごしと鼻をこすった。

「どうしてここにいるってわかったの？」

「ＧＰＳ。誤差は五メートル」

GPSって……スマートフォン？　身振りで訊ねると、亮一は首を横に振った。

他に何か機械をつけられていないか、服の上から確かめる。特にない。ショルダーバッグを探り、化粧ポーチを出す。ファスナー部分には、鳴らしたことのない防犯ブザーがついている。

「これ？」

亮一がうなずいた。常に携帯しているようにと言われたブザー。つまり日奈の居所は亮一にはまるわかりだったわけだ。——でも。

「どうやってここまで来たの？　車ないのに」

「タクシーで」

亮一の視線を追うと、駐車場から出てゆく一台のタクシーが見えた。

「え？　帰りの足は」

「何言ってんだ。一緒に帰るんだよ」

ぽんと頭上に置かれた手が、長い髪をくしゃくしゃ乱した。日奈は反射的に頭に手をやる。亮一はその手をつかみ、日奈を腕の中に閉じ込めた。

息がこもって熱い。今までにされたことのないきつい抱擁に、身をよじることもできない。

「ちょっと。痛いんだけど……」

「少しだけこのままでいさせてくれ」

そんな風に頼まれたら断れない。世界で一番安全な場所で、浅い呼吸を繰り返す。たっぷり一分はじっとしていた。

長い長い吐息と共に腕の力がゆるんだ。

「ごめんな」

「え？」

「お前の気持ちに気づけなくて」

亮一がポケットからキーホルダーを取り出した。あの熱帯魚が神妙な顔をしてぶら下がっている。

日奈も車のキーを掲げてみせた。二匹の魚が揺れる。

悲しかったのも腹が立ったのも本当で、なかったことにはできないけれど、やっぱり近くにいたい。

「帰りも運転するか？」

「んー、どうしよう。イメージしてみたけど、下りは怖そうだし、無理かもしれない。……あ、そうだ、ちょっと待って」

「ん？」

「写真撮りたい。亮一さんも、せっかく来たんだから」

「貸してみな。……ん？」

亮一は日奈のスマートフォンを受け取ると、顔をしかめた。直前に撮った写真が出てきたようだ。

「誰に撮ってもらったんだ？」

「知らないひと」

「知らない奴に声かけられて、個人情報が入ったデバイスを渡したのか？」

「わたしの方から声かけたの。感じのいいカップルだった。三十歳くらいの、縞々の」

亮一はやれやれといった感じで首を振った。

「そいつに悪意がなかったからよかったけど、これじゃ一人にしておけないな」

「一人にしておけないって言うなら、わたしが家出したくなるようなことしないで」

「だからその件は謝っただろう。っていうか……家出か、家出だったのか……そうか。反抗期早く終わるといいな」

背を丸め、くくくと声を漏らす。

「笑いすぎ！　子ども扱いしすぎ！」

「ほら撮るぞ」

あわてて視線を携帯カメラに向ける。

「撮れた？」

画像を確かめると、日奈は唇を尖らせた幼い表情。亮一は笑いをこらえているせいか、口元にしわが寄っていた。

「二人ともちょっと残念……」

「俺ってこんな顔だったか……」

そろって肩を落とし、どちらからともなく笑い出した。

いわゆる変顔の部類に入るのだろうけれど、この一瞬の記録も大事にしたい。

「あ、雨？」

手のひらを上に向ける。亮一も空を仰いだ。

「だな。戻るか」

降り出した雨はすぐに勢いを増した。わあわあ叫びながら車へ走る。手をつなぎながら、傍目にははしゃいで見えるだろう。

「今日はずいぶん走らされる」

「わたしだってパンプスなのに！」

びしょびしょになって乗り込むと、雨の匂いが車内に満ちた。亮一がサングラスを外し、ハンカチでふいた。

「朝は晴れてたよな？　降水確率チェックしそびれた」

「亮一さんでもうっかりすることがあ……」

最後まで言う前に唇をふさがれた。突然だったので目を閉じる暇もない。奪うような激しいキス。

熱い唇、の奥にもっと熱い舌がある。亮一の体温。

頭がぼーっとして、息が苦しくなるぎりぎりまで唇を絡め合っていた。

「――帰ろう」

亮一が座席の位置を調整する横で、日奈はシートベルトを締める。

「……ごめんなさい」

「うん?」

「行き先も告げずに、心配かけて。二度と黙って飛び出したりしないから」

「んー、雨が降るかな」

「もう降ってます」

殊勝なわたしってそんなに珍しいかしら。


マンションに戻ると日奈は浴室に直行した。濡れた服を早く脱ぎたい。

なのに亮一が、「ちょっといいか」と五階に下りてきたので困ってしまう。

「シャワー浴びようと思ってたんだけど」

「上で一緒に済ませばいい。話したいことがある」

「無理、恥ずかしいし」

「大丈夫。俺も恥ずかしいから」

「嘘ばっかり」

「本当だよ。緊張してる。……ほら」

亮一は日奈の手を左胸に導いた。どくどくと鳴る鼓動が伝わる。

押し切られ、六階に上がる。脱衣所に入ると、既にお湯を溜めている音が聞こえた。昨日、日奈が持ち込んだ部屋着も置きっぱなしだ。

「脱がしてほしいのか？」

「違う、違います！」

自分で脱ぐ、いや脱がしてやるよ、ううん自分で――の応酬を経て、亮一の手がスカートのホックにかかる。サングラスをかけていない亮一に見つめられるのはまだ慣れない。せめてもの防御としてタオルで身体の前を隠し、二人で浴室に入る。

入浴剤を投入されたお湯は青く染まっていた。

「身体冷えるとよくないから、先に浸かりな」

「ありがとう」

日奈はバスタブに身を沈めた。

亮一はボディソープを手に取ると、シャワーを使いながら身体を洗い始める。引き締まった臀部に目を奪われた。そういえば亮一の裸をじっくり見る機会なんて今までなかった。

「何見てんだ」

「……見てない！」

浴室内の声の響き方は普段と違って、自分の声も別のひとみたいだ。

「これで遊んでな」と亮一がカラフルなおもちゃを放った。お湯にぷかぷかと浮く黄色いあひる……どこまで子ども扱いすれば気が済むの⁉　そもそもどうしてこんなものが……。

「いらないのか？　じゃ、こっち」

今度は何。

湯船に浸かる日奈の目の前に、薄茶色の魚が投げ込まれる。

「鯛焼き……？　最中？」

どう見てもお菓子なんですが。

数センチほどの魚はお湯の中をたゆたううち、ゆっくりと崩れてゆく。

「あ、溶けちゃう。もしかして入浴剤なの？」

ふやけた魚を両手で包み、どうにか形を保とうとしたけれど、水溶性の素材でできていたらしく、はかなく溶けて消えた。

「……？」

魚がいたあたりに何かが残っている。細いリボン。

つまみ上げ、書かれている文字を読む。

『Will you marry me?』

――日本語に訳せば、『結婚してくれませんか』。

「……あの」

こんな状況でプロポーズされるとは思っていなかった。家出して帰ってきたばかりだし、裸だし。

視界の隅、あひるがのんきな顔で揺れている。

亮一がシャワーを止めて言った。

「この先もお前のこと守らせてくれ」

「父に頼まれたからじゃなくて？」

「許婚だったからお前と縁ができたのは確かだけど、再会してからどんどん好きになっていった。これからもそばにいたい」

「あのね、わたし、守ってもらえるのは嬉しいけれど、守ってくれるんだったら誰でもいいわけじゃないから」

「俺だって、こんなに守りたいと思ったのはお前だからで、お前が初めてだよ。……入ってもいいか」

「どうぞ」

「その前に返事聞かないとな」

「NOなんて……言うわけないじゃない」

顔の前にアヒルを掲げた。照れくさくて、亮一の目を見ることができない。

亮一がバスタブの縁をまたいで入ってくると、大量のお湯があふれ出した。

「あふれる、あふれる……！」

流されそうになったあひるをつかまえる。

一気に減った湯量にわたわたしているうちに、いつもの感じが戻ってきた。

「あの魚どうしたの？　もっとよく見ておけばよかった」

「いやまぁあれは気にするな」

「そう言われたら余計気になる。どこで買ったの？」

はたと気づく。あの形、鯛焼きとは違うエキゾチックな形、どこかで見た——。

「熱帯魚を真似て作った……？」

「……」

「そうだよね？」

返事がないのが何よりの証拠だ。ああそうか。それで台所にいたんだ、お土産のあの子。モデルとして。

せっかくの力作もほんの数秒で形を失い、お湯に溶けてしまった。もったいないといえばもったいないけれど、充分なサプライズと特別なメッセージをもたらしてくれた。なくしたわけじゃないと言ってくれればよかったのに。でも、きっと亮一は内緒で用意したかったのだろう。

「極楽、極楽」

亮一は浴槽の縁にもたれて天井を仰ぎ、リラックスした表情を浮かべている。おそらくちょっと演技も込みで。

「そんな顔してると完全におじさんだね」

「言ってろ」

「あ、ごめんなさい」

「老け顔にも利点がある。実際に年を重ねたときに老けるのが目立たない」

「わたしはある日一気に老けるのかしら……それも怖い」

「お前はずっとかわいいだろ」

そんな言葉ひとつで嬉しくなってしまうほど、亮一が好きだ。

「契約延長よろしくお願いします」

「新しく結び直す形だな」

「うん、長期契約で」

「病めるときも健やかなるときも？」

「あー、待って。駄目！　そういう台詞は本番に取っておいて」

「はいはい。……って、本番？」

「だってやっぱり結婚式ってしてみたいし」

すねたり、焦ったり、困らせたりしながら、恋に愛が加わってゆく、きっと。

亮一が日奈の唇をさらう。ついばむキスはすぐに深くなり、口腔内の温度を上げる。

日奈は手を伸ばした。亮一の背骨をたどる。

「たどたどしい触り方」

「嫌？」

「なわけないだろう」

お返しとばかりに、白い気泡をまとった手が日奈の胸の先に触れた。

「硬くなってる」

わざわざ教えてくれなくてもいいのに。日奈は顔を伏せる。

お湯の抵抗があるからか、亮一の動きは緩慢だった。やわやわと揉み上げて、色を濃くした先端をつまむ。音も立てずに静かに繰り返される愛撫は、水面下でされているというそれだけで秘密めいている。どうしよう、このままお風呂で……どこまでしちゃうの？

「あっ……」

「さてと。のぼせる前に上がるぞ」

さっと切り上げられると、日奈の方が悶々としてしまう。


亮一は日奈の両脚を割り開き、ひそやかな場所に口づけた。

「いや……あっ！」

耐えがたく恥ずかしい。でも亮一の湿った吐息を腰のあたりに浴びるうち、頭の芯が溶けてゆく。

唇が花びらを包み込み、肉ひだをめくる。つつましく閉じたそこは、奥にみずみずしさをたたえていて、一度暴かれればぬかるんだ水音を立てる。お湯のせい、お風呂に入ったせいと自分に言い聞かせても、後から後から湧いてくる蜜は快感の証拠だった。亮一が遠慮なく吸い上げるものだから、ますますあふれる。

「すごい濡れてる」

「あ、あぁ、いやっ……！」

敏感な花芽をいじられ、針で引っかかれるような快感に喘いだ。ざらついた舌でくるくる舐められると、下腹部が波打つ。いくら嫌だと口走っても、拒んでいるとは思われないだろう。全部明け渡すことになるのは日奈もわかっている。

神経が集まった敏感な芯は薄皮の覆いを自ら押しのけ、ひくんひくんと独特の脈を打ち始める。亮一は日奈の反応を見ながら、歯を立てたり、吸ったりしてさらに興奮を高めてゆく。

「や、あ、ん、あうっ……」

硬い歯と柔らかい下唇にはさまれ、小さな紅珠は爆発しそうだ。尖った舌でちろちろいじめられると、はしたない声が出てしまう。

「あ、ああ、あっ、だめ、やめて、いっちゃう」

どんなに訴えても亮一は動きを止めない。

下腹部におかしな力が入り、脚の根元から足先までが不随意に細かく痙攣した。

「もう……いっ、あぁ、だめって、言ったのに……っ！」

絶頂に息が止まり、ぐらりと視界が揺れた。見慣れない天井や照明が残像になる。

沈みそうになる意識を何とか保ち、呼吸を整えた。

「すぐ入れたい。駄目か?」

亮一は切羽詰まって見えた。その切実な感じは、全然嫌ではなかった。

「駄目じゃない……」

「このまましたい」

「うん」

「ありがとう」

生真面目に礼を言うと、亮一は日奈の足首をつかんで持ち上げ、Vの形にした。肩にかつぐようににじり寄り、腰を近づける。

突端が入り口を突いた。ぬるっと滑る感覚の後、濡れた壁はゆっくり開く。

薄い皮膜で隔てられない、粘膜の密着。

「お前に会えてよかった」

ささやきと共に奥まで入ってくる。ぐっと内臓を押される圧迫感に、うめき声が漏れた。

「痛いか?」

かぶりを振る。痛くはない。でも苦しい。この苦しさが嬉しい。

「ずっと俺のものにしたかった」

焦点の定まらない目を開けて、日奈は微笑む。

「わたしだって」

「ん?」

「欲しかった……」

　よしよし、と頭を撫でられる。

　湿った音を響かせ、律動を続けながら亮一がつぶやく。

「昨日もして、今日もして……完全にいかれてるな。抱き壊しそうで怖い」

　やさぐれた言い方にぞくぞくした。亮一となら、と思ってしまう。許してしまう。坂を転げ落ちてもいい。

「亮一さんはわたしのこと、ちゃんと守ってくれてる」

「……ああ」

　抱き締める腕の力が強くなり、前後する動きが激しくなる。抜き差しされ、えぐられる度に、内側の壁は形を変え、亮一の形を憶え込もうとするようにうごめく。

　蜜液がこぼれ、シーツに伝う。

　充血した結合部は、先ほど達したのとは違う快感のボルテージを上げ続けている。

「中で感じてる?」

「やっ……!」

　否定したのに、亮一は猛った。揺らされて喘ぐ日奈を見下ろしながら、動きを速める。

　性急に追い上げられ、日奈の身体はわななく。

制御できない波が近づいてくる。また自分一人が飛んでしまう。

ぎゅんと下腹部が縮む感じがして、日奈は二度目の絶頂を迎えた。硬い茎を締めつけたその瞬間、亮一が動きを止め、奥に熱いものを放った。

自分の蜜液ではないものでたっぷり濡らされる感覚は何とも形容しがたく、亮一が欲望を注いでくれたのだと思うと、感激で動けなかった。

快楽の頂点を二人で極めたのが嬉しかった。


「来月、誕生日だよな」

「うん。知ってたの？」

「入籍はその日にしないか」

寝つきの悪い子を寝かしつけるような手つきで撫でながら、亮一が言った。

「お祝いは一度でふたつ、同時に済ませたいってこと？」

「馬鹿。二倍祝うんだよ、来年からは」

「あぁそう……それなら、うん」

またしてもぴしっとしない答えになった。どうしても照れてしまう。

沈黙を破ったのは、お腹が鳴る音だった。呼応したのか、亮一からの腹部あたりからも聞こえる。

「お腹鳴ったでしょ」

「お前もな」

「お昼ご飯忘れてた。もう夕方？　食べそこねちゃったね」

「うまいもの食いにいくか」

「うん」

「起きて支度しな」

日奈はベッドから抜け出す。裸足の足にカーペットの感触。乱れたシーツを引きずって、ウェディングベールのように頭からかぶってみる。純白な衣装に身を包む日を思い浮かべながら。

「てるてる坊主か？」

「違うし！」

地団太を踏むと、シーツごと抱き締められた。

幸せな呼吸と鼓動。この温もりを手放すなんて考えられない。

銀座にしようか、お前が気に入ってるレストランがいいな、席を用意してもらえるか聞いてみる……――楽しそうに提案する亮一の声が降ってくる。

旅から戻れば日常の繰り返しで。でも二人ならばきっと飽きない。

今日の問題を考え、明日の予定を相談し、あっという間に十年くらい過ぎたりして。

よそゆきの声に耳を傾ける。

亮一が電話を切ったら、シーツから顔を出して、嘘のない答えを告げるつもりだ。
話は長くなるかもしれないし、一言で片づくかもしれない。
（I will marry you.）

END

COLOR　ME　（あとがきにかえて）

妻は控えめな性格だ。

休日の過ごし方は亮一が決めることが多い。年齢差もあっての甘えだとわかっているし、頼られて悪い気はしないが、この週末は珍しく日奈の方から「行きたいところがあるんだけど」と言い出した。

行き先は当日のお楽しみらしい。ミステリーツアーの様相である。

何か用意するものはあるのか訊ねたところ、「脱ぎ着のしやすい服だといいな」と答えが返ってきた。

……どういうことだ？　外は冷たい風が吹いているが、屋内の温水プールにでも行くつもりか。あるいは日帰り温泉か。想像はふくらむ。

迷った末、服装はいつものスーツにした。出発前に駄目出しはなかったから、不合格ではないだろう。

そしてタクシーで到着したのは――

「ドレスショップ？」

「そう。だから着替えやすい格好で、って言ったの」

「まだ式の日取りや会場も決まっていないのに気が早すぎないか」

「試着したらイメージが湧くでしょ」

「イメージ?」

「披露宴の。せっかくだもの、自分たちらしいパーティーにしたくない?」

と言われても。

店の扉を開けた瞬間、白、白、白、そしてピンク、黄、水色、紫。四方を埋め尽くすたっぷりの布が目に飛び込んできた。まさに色の洪水、そしてボリュームに圧倒される。

「すごいな……。こんなに種類があるのか」

「宮園様、いらっしゃいませ。お待ちしておりました」

「あ、よろしくお願いします」

驚く亮一を尻目に、日奈はショップスタッフに頼んで早速、サイズに合うものをリクエストしている。事前にいくつかデザインをチェックしておいたらしい。

「レンタルと購入、どっちもできるんだって。どっちがいいと思う?」

この場合、「好きにしたらいい」という回答はありかなしか。

迷っているうちに、日奈は呼ばれて試着室に消えた。

「ご新郎様はこちらでお待ちください」

新郎……慣れない呼びかけに右手と右足が一緒に出た。

案内されたテーブルでお茶を飲みながら待っていると、日奈が現れた。

すぐに言葉が出なかった。純白のドレスに身を包んだ、まさにプリンセスといった華やぎだ。

「どうかな？」

「……想像以上」

「ティアラとかベールをつけたら、もっと雰囲気が出ると思うんだけど。メイクも今は普段通りだしね。それでね、他にも気になってるのがあるの。着てみていい？」

「もちろん」

試着とお披露目が繰り返された。どれも真っ白なドレスで、細かな違いはあるのだろうが、大きく印象が変わることはない。

「最初に着たAラインのは、斜めのフリルが大きくてかわいいよね」

「そうだな」

「でもちょっと派手？　こっちの肩が出る方も大人っぽくていいと思うの」

「ああ」

「トレーンが長いのも捨てがたいし……。どれが似合うかなぁ」

「どれも似合ってる」

「それじゃ参考にならない～」

お役に立てなくて申し訳ないが、何せこういう分野には弱い。

ショップスタッフは口をはさまずに、脇に控えている。

「女性の服の良し悪しは俺にはわからないよ。でも、もし似合ってなければちゃんと言う」

「ほんとに？」

「甲乙つけがたい。着心地で決めたらいいんじゃないか。あとは季節に合ってれば」

「こういうドレスはわたしも着慣れてないから、歩きづらいのは仕方ないのよね……。あ、そうだ」

日奈はスタッフを手招きして、何か耳打ちした。

スタッフが「ご新郎様、こちらへ」と別の試着室へと亮一を招く。まさかと思えば、やはり。次は亮一が衣装を試着する番らしい。

「こちらが、ご新婦様のお選びになったものです」

三通りの新郎用衣装が用意されていた。色はダークグレー、銀、白。

「これを私に、と？」

「ええ。体格がよろしくていらっしゃいますから、きっと映えますよ」

スーツは黒に限るだろう。そう言いたいのを呑み込み、似合うはずがない似合うはずがないと唱えながらひとまず抵抗の少ないダークグレーのジャケットに腕を通す。

「亮一さん、着替えた？」

カーテンの向こうから日奈の声。

「……ああ」

外に出ると、日奈のドレスはいつの間にか濃いピンク色に変わっていた。お色直し用か。白いドレスとはまた違う装いで、こちらもよく似合っている。

「すごく素敵……」

うっとりした目で見上げられ、思わず照れた。

「サングラス外してみて」

「ん」

「さらに、こうすれば完璧」

顔を近づけてきた日奈が、亮一の首周りにタイを結ぶ。形を整えると、満足げにうなずいた。

「ほら、鏡見て」

言われるまま視線を向ければ、まるで絵本の中から出てきたような……自分たちが立っていた。

襟元のタイはドレスと同じピンク色だ。こんな色、一生縁がないと思っていた。男にはふさわしくないし、目立ちすぎる。

陰に徹し、表に立つ者を守る。そのためには黒に身を包むべきだと戒めのように続けてきた習慣。

でも日奈の隣にいるなら、古い掟は破ってもいい。

それが日奈の願いであれば。

「……悪くない」

「ね？　食わず嫌いはよくないでしょ？」

得意げに微笑むのがかわいい。この顔をさせているのが自分だというのが、何より嬉しい。

「次はシルバーのタキシードを試してみて。シャープな色だから絶対、似合うと思う。あ、わたしは青系のドレスにしてくる。わたしたち二人ともパーソナルカラーが冬だから、おそろいにしやすいね」

言うことの半分も理解できなかったが、日奈がご機嫌なので問題はない。

「ちょっと待て」

腕をつかみ、吐息を近づけ、試着室のカーテンの陰に隠れてキスをした。

口紅が移らない程度の軽い口づけ。

少し上気した顔で、日奈がささやく。

「次の週末は亮一さんの服を買いにいきたいな」

「他にも候補があるのか」

「パーティーの衣裳だけじゃなくて、普段着もわたしに選ばせて」

「わかった」

季節が深まり、木々の葉が色づくように、モノクロの恋がカラフルに彩られてゆく。

いつまでも、その目に宿る輝きを見ていたいから。

リクエストに応えて、もっと鮮やかな未来にしよう。

＊＊＊

この本をお手に取ってくださり、どうもありがとうございます。

ボディガードとお嬢様の恋を書きたい！　そう思ったのが始まりでした。

竹書房編集部、そして関係各所の皆様にお力を貸していただき、素敵な形でリリースできることを嬉しく思います。電子書籍版からお世話になっている担当様には、亀の歩みの私ですが、これからもよろしくお願いしますということでひとつ。そして、このあとがきを書いている時点では表紙のみを拝見している涼河先生の挿絵が楽しみです！

現在、モルディブには日系資本のアイランドリゾートはありませんが、お話の中の設定として楽しんでいただけますよう願っております。遠いですが、本当に綺麗な島国です。

波間でちゃぷちゃぷして、エステを受けて、おいしいものを食べて……そんな贅沢な旅がしたい今日この頃。実現できるまでは、また次の妄想にふけりたいと思います。

朝来みゆか

本書は、電子書籍レーベル「らぶドロップス」より発売された電子書籍を元に、加筆・修正したものです。

偽装結婚したら、本気の恋に落ちました
旦那様はボディガード

２０１８年1月２９日　初版第一刷発行

著……朝来みゆか
画……涼河マコト
編集……株式会社パブリッシングリンク
ブックデザイン……北國ヤヨイ
（ムシカゴグラフィクス）
本文ＤＴＰ……ＩＤＲ

発行人……後藤明信
発行……株式会社竹書房
〒102-0072　東京都千代田区飯田橋２－７－３
電話　03-3264-1576（代表）
03-3234-6208（編集）
http://www.takeshobo.co.jp
印刷・製本……中央精版印刷株式会社

■本書掲載の写真、イラスト、記事の無断転載を禁じます。
■落丁・乱丁があった場合は、当社までお問い合わせください
■本書は品質保持のため、予告なく変更や訂正を加える場合があります。
■定価はカバーに表示してあります。
© Miyuka Asago 2018

ISBN978-4-8019-1354-7　C0193
Printed in JAPAN